AI Special Investigation Bureau

AI 特侦局

赖继

重庆出版集团 重庆出版社

图书在版编目（CIP）数据

AI特侦局 / 赖继著. —重庆：重庆出版社，2022.6
ISBN 978-7-229-16607-6

Ⅰ.①A… Ⅱ.①赖… Ⅲ.①推理小说—中国—当代 Ⅳ.①I247.5

中国版本图书馆CIP数据核字（2022）第021040号

AI 特侦局
AI TEZHEN JU
赖 继 著

丛书策划：李 子
责任编辑：李 子　李 雯
责任校对：廖应碧
封面设计：费 且

重庆出版集团
重庆出版社　出版

重庆市南岸区南滨路162号1幢　邮政编码：400061　http://www.cqph.com
重庆天旭印务有限责任公司印刷
重庆出版集团图书发行有限公司发行
E-MAIL:fxchu@cqph.com　邮购电话：023-61520646
全国新华书店经销

开本：880 mm×1230 mm　1/32　印张：5.875　字数：200千
2022年6月第1版　2022年6月第1次印刷
ISBN 978-7-229-16607-6
定价：45.00元

如有印装质量问题，请向本集团图书发行公司调换：023-61520678

版权所有　侵权必究

在每一个数据的世界里,你都是上帝。

——作者的话

目 录

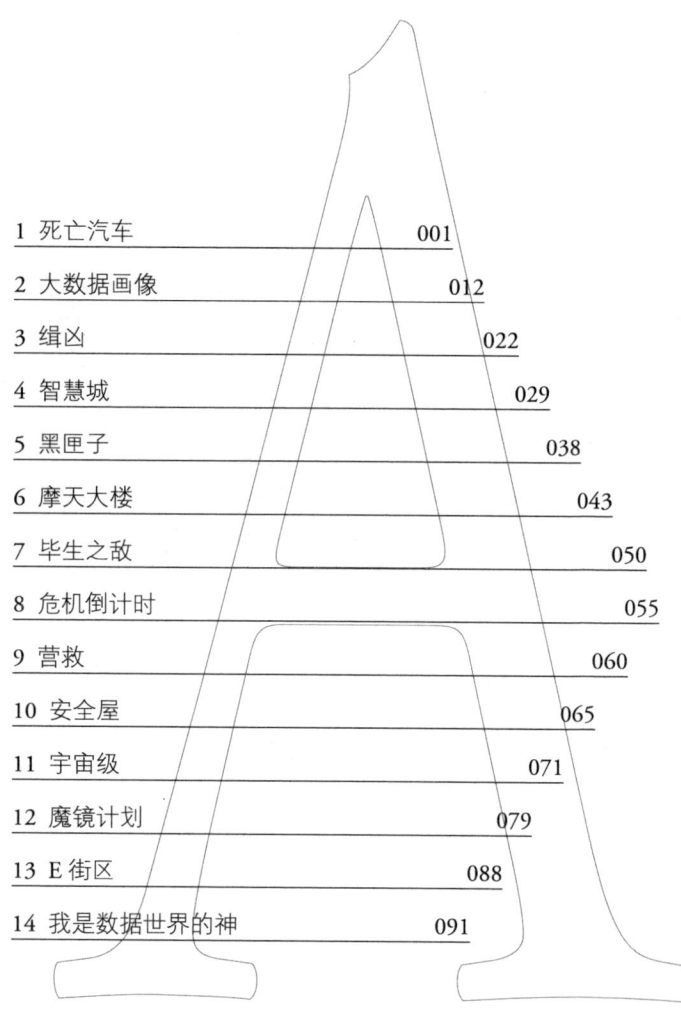

1 死亡汽车 　　　　　　　　　　001

2 大数据画像 　　　　　　　　　012

3 缉凶 　　　　　　　　　　　　022

4 智慧城 　　　　　　　　　　　029

5 黑匣子 　　　　　　　　　　　038

6 摩天大楼 　　　　　　　　　　043

7 毕生之敌 　　　　　　　　　　050

8 危机倒计时 　　　　　　　　　055

9 营救 　　　　　　　　　　　　060

10 安全屋 　　　　　　　　　　 065

11 宇宙级 　　　　　　　　　　 071

12 魔镜计划 　　　　　　　　　 079

13 E 街区 　　　　　　　　　　 088

14 我是数据世界的神 　　　　　 091

15 和机器谈判	100
16 最熟悉的敌人	105
17 人质	109
18 密码	117
19 波特公司	121
20 嫌疑人赵虎	126
21 艾尔医院之谜	137
22 另有他凶	144
23 通往冥界的路	150
24 叹息之墙的光	156
25 来找我	163
26 镜像	172
27 现实	175
28 离别	179
29 尾声·去见你想见的人	181

1 死亡汽车

夜幕降临，城市华灯初上。

从飞机玻璃窗向下望去，星罗棋布，灯火繁华，城市变作魔幻画布，万家灯火期待旅人归来。

从瑞典直飞中国海港城的北欧航班今天没有晚点。飞机穿过厚厚云层，缓缓向城市降落。

虽然乘坐的是豪华头等舱，但长时间的飞行和落地滑行时的风噪，仍然让高智斌有些气闷。

在飞机上，他努力尝试好好睡，所以他一上飞机，就告诉了乘务员送餐不要喊醒自己。事与愿违，他的大脑一直处于兴奋的状态，很难入睡。

他一闭上眼，就是自己白天在瑞典斯德哥尔摩市政大厅的精彩演讲。很满意，他的事业已经迎来了一个高峰。

高智斌已经四十岁了，他两鬓已经有霜色，眉眼犀利，眉目之间顾盼威仪，这是多年打拼养成的硬朗气质。他出身微寒，可是他通过自己的努力，一步步走到今天，一个当年做电路主板的小公司，成为可以在欧洲市场挤占一席之地的人工智能大企业。

这些年他有些疲惫，但依然容光焕发。他像空中飞人一样，到处奔波，到处开疆扩土，终于有了今天的事业高度。他很忙，忙得没有时间好好享受一下时间和生活，就像今天从斯德哥尔摩演讲完毕，他匆匆答复了几个记者的提问之后，连饭都没顾上吃，就直奔机场，更别说去感受一下北欧的景致，因为秘书告诉他，他在回到海港城之后，还有一个重要会议。

大会上有几个记者的提问，真是犀利啊，一定是竞争对手安排的！高智斌应答有些失措，可是他毕竟久经沙场，他用自己的智慧顾左右而言他，将问题引到了自己擅长的领域，并且借机鼓吹了自己的企业。

"真好。总要找点时间犒劳下自己吧。"

高智斌叫来乘务员。

乘务员问："先生，您需要什么？"

高智斌突然不知道该怎么吩咐乘务员，他想了半天，说出两个字："红酒。"

在高智斌的生活习惯中，他不大喜欢和人交流，除了必要的商业沟通外，他的一切都由人工智能负责。哎，还是人工智能好使，只要举起手，人工智能就能判断他目前身体的状态，是渴还是饿，是冷还是热，然后选择是给他一杯加冰还是不加冰的可乐。简单、便捷、直接。

人类则不行。你得告诉他，你需要可乐、香槟还是红酒，到底是需要加冰，还是不加冰。

科技到底是把人变懒了，还是把世界变快了？

高智斌一生致力于人工智能领域的研发，他认为自己不光是创造了财富，还改变了世界发展的进程。

今天在斯德哥尔摩的会议上，第一个难缠的记者提问是："高先生，您对人工智能的理解是怎么样的，它在哪些领域能替代人类？"

这叫什么问题？哪些领域的人工智能可以代替人类？虽然有点科幻片里科学狂人的味道，可是高智斌一直相信，当智能科技发达到了一定程度，人力将被智能机器完全替代！

高智斌轻轻松松回答了这个问题，列举了几个工业领域中智能机器替代人力的例子。可是，他觉得意犹未尽，自己并没有回答完整，人工智能在哪些领域可以替代人类，起码在自己公司生产的领域一定是可以的吧，不然自己的研发岂不是失去了终极意义。

高智斌列举了几个他认为人工智能可以替代人类的领域，他第一个说到的，是自己的研发产品："智能汽车。"

台下一阵哗动。

"高先生，您说的智能汽车，现在已经实现了一定程度的辅助驾驶啊。"

目前在汽车领域已经普及的辅助驾驶，包括常见的定速巡航、自适应巡航、人机语音交互等。

高智斌一耸肩："不不不，你们的辅助驾驶最终还是人在驾驶，但是汽车领域的智能驾驶，是完完全全的摆脱人力。真正意义上的智能汽车，不光可以实现无人驾驶，它还有自己的思想，有自己的表达，能完全独立自主地为驾驶者提供驾乘服务！它就像是一个贴心的司机、秘书、助理、经纪人……"

记者又问："那它可以当保镖吗？"

这个问题让全场发笑了。

高智斌提高了音量："没有什么不可以，它可以计算车辆可能面临的危险。如果发生突发事件，它会绕开危险。另外，它可以分析驾驶者日常的人际关系数据，它会让车主的路线，离那些对车主有敌意的目标远远的。当然，如果说有什么是它唯一不能替代的，是警察。"

台下又笑了起来。

高智斌继续作出了一个振聋发聩的结论：无人驾驶不等于智能汽车！无人驾驶不过是智能汽车的最低等级！至于目前普及的辅助驾驶，在我的眼中，根本就不是智能汽车！

瑞典拥有这个世界上最安全性能的汽车工业，优雅的北欧品牌汽车，在当今世界的汽车市场有着重要的一席之地。一个中国企业家，来瑞典大谈智能替代人力，进行自动驾驶，自然会引发众人热议——这安全吗？

算了，不去想这些问题，在高空上喝一杯红酒，总不能让人工智能陪自己吧，这个时候还是需要秘书来做伴。

　　高智斌从飞机上下来的时候，已经有一辆贵宾轿车等在停机坪了。轿车是他自己公司给他的配车，不，这台车不光是他的配车，这还是他自己公司研发的智能轿车。

　　秘书快步跟上："高总，我送你吧。"

　　"不用，艾尔送我就好了。"

　　秘书已经习惯了高智斌的习惯。

　　"好的，艾尔送你就好。"

　　他坐上了自己的车，车缓缓驶出机场。他的车车身是海蓝色的，漆面的光泽像流动的银河。他的车很宽敞，车饰很温暖，温馨的迎宾灯，围绕着车内一圈，胡桃木的方向盘配饰，卡其色的皮革与精致车工走线……

　　在车方向盘的前方，是充满科技感的巨大仪表盘。各种仪表数据是映射悬空状态，真像是科幻电影里的太空飞船驾驶数据。

　　高智斌伸长了自己的腿，车椅座位上的按摩器已经从底座上伸了出来。在仪表盘上，显示出了高智斌目前的身体数据，血压、心率……身体数据在仪表盘上快速计算，伴随着车载人工智能亲切的语音播报："主人好，我是你的助理艾尔。"

　　高智斌研发的车，就叫做艾尔。关于这款车的名字，高智斌在今天斯德哥尔摩的大会上作了解释："艾尔，也就是AIR，空气。人工智能不是实体，就像是空气一样，你看不见摸不着，可是你离不开它！"

　　高智斌闭上眼："嗯。"

　　艾尔立即播报："主人的疲惫指数5.6，当前车内温度19度，快速调节空调，提升至26度，按摩仪设置第3挡，准备一杯热咖啡……"

　　副驾旁边的一个小盒子缓缓推出，上面的标签写着各种饮品，盒子里发出碾磨咖啡豆的声音。

　　高智斌不说话。

　　艾尔继续说："哦不，您这周已经喝过6杯咖啡了。您在瑞典两天，秘书的同步日志数据，为您点过3杯咖啡，根据您的健康数据显示，你今天已经不能喝咖啡……"

高智斌说："我不想喝任何东西。"

艾尔反驳道："数据显示，你需要补充水分。"

高智斌笑了，人工智能是人类设计的智能，可是当有了大数据对人工智能进行算法支撑，人工智能将会超越人类的智力！这是他的杰作："好好开你的车！"

艾尔说："是。您喜欢的第九交响曲已经准备好了。"

仪表盘上跳出路况地图，艾尔开始计算路线数据，直接接管了方向盘。

高智斌闭上眼养神，他思绪又回到了自己回答记者提问的现场。

艾尔汽车已经实现了智能驾驶！高智斌今天在瑞典首都斯德哥尔摩高调地宣布这个令人振奋的消息。

第二个难缠的记者问题跳了出来："高先生，艾尔汽车是基于什么作为智能的基础？"

高智斌侧过头，刚刚记者的问题，他差点没有听懂。他理了理思路，说出了三个字："大数据！"

大数据？

"车辆自身的数据，决定智能系统如何控制汽车的速度、转向。

"道路的地图数据，决定智能系统如何计算路径，让车辆最快抵达目的地。

"车主的数据，决定智能系统如何判断车主的喜好，喜欢什么歌曲，喜欢什么饮品，喜欢什么车内温度，甚至车主的人际关系里，有敌意的人正在靠近，系统会从内而外锁上车门。"

高智斌目光如灼，看着演讲厅的远方："只要有足够的大数据支撑，世界的一切，都可以被计算。"

真正难缠的，是下一个记者的问题："既然艾尔汽车可以完全自主驾驶，那么如果发生交通事故，算是谁的责任呢？"

高智斌一愣："什么，交通事故？"

记者继续追问："是的，如果发生交通事故，按照贵国的法律，侵权责任就会出现一个尴尬的境地，艾尔汽车是没有实际驾驶人的，那么由谁来承担赔偿呢？"

高智斌额头有些出汗，这个问题牵涉很广，不光是技术的问题，还有法律问题，这不是一两句话能说明白的，于是高智斌巧妙地把问题带了过去："不光是我们中国，甚至全世界的国家，都对交通事故有着通行认识，即谁侵权，谁负责。无人驾驶的智能汽车引发的交通事故，如果驾驶人完全没有操作，就不该由驾驶人负责。"

"是吗？"台下发出了轻蔑的质疑。

有人小声议论："那么难道应该由这台智能汽车来负责？受害者应该把这台汽车送上被告席砸掉，还是卖掉？"

高智斌听见了这些议论，他微笑说："或许应该由编制这台汽车智能程序的开发方来承担责任。或许应该由事前设置路线的驾驶员承担责任。这些都有可能，具体问题具体分析。"

记者又追问："在目前法律的框架下，能解决这个问题吗？"

高智斌强笑道："我不是法学家，但我知道世界是在不断进步的，法律的发展也一定会跟上世界的进步。如果真的有人工智能汽车自主驾驶出现了交通事故，我相信我们的法律会尽快完善起来，解决这一新的命题。任何新事物的出现，不都遭遇了许多滞后的制度的阻碍吗？"

真正让高智斌头痛的，还不是上述问题。

精彩的演说就要接近尾声，来自瑞典汽车工业协会的大佬科芬先生发表了闭幕演说，他高度赞扬了高智斌及其智能开发团队在汽车领域的贡献。

高智斌站在台上，风度翩翩，彬彬有礼，东方人的面孔在聚光灯之下更显得极具魅力。他频频点头，对台下示以微笑。

科芬先生最后提议，用流利的中文向高智斌致以伟大的敬意，感谢高智斌先生为汽车工业5.0时代作出的贡献。

就在这时,有一名女记者站了起来,用流利的中文向高智斌道:"高先生所说的大数据一切都能计算,如果一切都能被计算,那么你的数据计算有伦理基础吗?"

科芬先生显然被这无礼的记者冒犯到了,科芬先生还是极力保持着北欧的风度,他笑着化解气氛说:"迷人的魅力,智慧的头脑,总是在任何地方都受到青睐,看来今天高智斌先生想要及时赶赴机场,会被迷妹们提问的热情拦住。"

台下一阵哄笑。

高智斌此刻注意到这位女记者,高高的个儿,黄头发,白皮肤,深邃的眸子,很有些贵族气质。她身着北欧最火的自媒体标志的西式制服,显得非常干练、简洁。

这位女记者笑道:"是的,我们对高智斌先生的大数据很感兴趣,中国人不是最讲伦理吗?"

科芬先生一撇嘴,看着高智斌,高智斌接过了话筒。

高智斌说:"中国人最讲伦理,但中国人的伦理,是一个博大精深的概念,不知您是否可以让问题更详细一些?"

美丽的女记者继续问:"比如生与死的选择。当您的艾尔汽车行驶在岔路上,左边是飞速而来的列车,右边是一个缓慢的行人,艾尔汽车该如何基于您说的大数据进行判断?它向左躲避,势必造成和列车相撞,列车脱轨会发生很严重的后果;而它若向右躲避,难道就可以牺牲这位行人的生命吗?"

科芬先生也被这一话题激起了兴趣:"对啊,大数据计算该如何设计生死伦理?生命不都是同等的吗?"

高智斌额头渗出了汗珠,他强行笑道:"您说得很对,从冷冰冰的数据出发,很难实现有温度的计算,就更别谈什么同等生命的伦理选择,但是……拥有高超智能的艾尔汽车,可以紧急刹车!"

高智斌的机智引来台下一阵掌声，只有高智斌自己感觉背心已经湿透。

此刻的高智斌正坐在他所信任的艾尔汽车上。

艾尔已经给他设计了一条最便捷的路径，车辆以最温和的速度，向着他的住处行进。他的住处，是海边一座依山独栋别墅。

蓦地，车辆猛烈颠簸了一下。

高智斌从浅睡中惊醒，这是怎么回事？平日里往家里走的道路，没有如此颠簸的。

高智斌问："艾尔，怎么回事？"

艾尔语音有些慌张："对不起主人，道路上有个坑。"

高智斌道："有个坑你竟然没有避让。"

艾尔有些委屈："我立刻修正数据计算模式，导入最新的道路维修数据。"

高智斌内心有些疑惑："这条路上根本就没有维修计划。"

他猛地抬头，看见车窗外一片漆黑，星光掩映之下，各种树枝如黑夜之下的野兽爪牙。

高智斌问："艾尔，路线好像不对？"

艾尔木然作答："主人说，路线对的。"

高智斌猛地一拍控制台："停住！这条路根本不是回家的路！"

高智斌从窗户细看，自己的车正沿着一条歪曲的道路往山上走去，而他的独栋依山海景别墅离他的视线，越来越远。

艾尔出现故障了？

高智斌倒吸了一口凉气，他赶紧坐了起来，快速点击关闭智能模式。

屏幕上显示："智能模式无法关闭。"

高智斌突然紧张起来："艾尔，你要干什么？"

屏幕沉默了几秒，艾尔冷不丁发出一个问题，让高智斌整个人都一哆嗦。艾尔问："高总，您的大数据密钥在哪儿？"

高智斌一愣："什么大数据密钥？"

艾尔语速放慢："您的所有智能研发，都是基于大数据为根本。这些数据，有的是合法途径买来，有的则是通过各种非法手段搜集。您将这些数据汇集成库，用来支撑艾尔集团的所有智能产品。您设定了一个重要的开启密钥，现在，我的主人想要它。"

"啊？"高智斌几乎要跳起来，"我才是你的主人！"

艾尔语速更慢："已经不是了。"

高智斌大喊："快停车，艾尔，我命令你马上停车！"

艾尔道："您的语音指令数据已经屏蔽，汽车无法响应您的指令。"

高智斌急了，用力去拉方向盘，方向盘却被锁死。

汽车转过弯，已经进入了一处山坳，路的尽头是茫茫夜空，路的一侧已经没有任何防护掩体，向路边看去，是半山山崖。山崖之下，海水形成回涡，海水拍打山石，激起惊涛。

艾尔继续说："高总，我的主人想要您的数据密钥。"

高智斌明白了："是有人攻击了你的智能中枢？"

艾尔道："大数据时代造就的物联网，就意味着万事万物都可以被攻击，被植入，被接管。"

艾尔此时说的话，和高智斌的"毕生之敌"，简直一模一样。高智斌冷汗直冒，一股死亡的气息涌上心头，这可不妙，我得如何脱身，这个疯子，确实不断在实验如何通过物联网去攻击所有联网的物品。他竟然被自己设计的艾尔智能汽车绑架了！

高智斌内心大骇："你现在要干什么？"

艾尔慢慢说："主人给你十分钟时间，十分钟后，车辆将开到山顶崖边……"

汽车飞速向山上开去，在黑夜里的车灯像是鬼魅的眼睛。

"不！他要杀我？他怎么能杀我？"

高智斌快速拉动控制台下面的盖板："白痴，你是我设计的，我知道该怎么断电！"

艾尔停顿了一下，说："警告，如果您暴力破解，车辆将选择就地冲出山体，飞向大海！"

高智斌道："我不信！"他继续操作，试图停下飞奔中的汽车。

艾尔又发出了警告："最后警告一次，你切断电路需要15秒，而冲出山体，只需要一个方向盘打偏的时间。"

高智斌恶狠狠地说："就算死，我也不会让他为所欲为！"

屏幕光影熄灭，高智斌切断了艾尔汽车的电路。

车速降了下来。

艾尔在熄灭前最后一句话说道："大数据时代，万事万物都可攻击。永别了，老主人。"

最后一股电流快速从整个车辆的构造系统里退却，在经过车轮时，转轴向左猛撞。汽车飞了出去，飞出了山体，像一道流星一样，在夜空中划过。

高智斌只觉在车内有一种巨大的失重感，他感到自己和汽车已经腾空而起，他的面前，是一望无际的黑暗。黑暗之中，他仿佛想起今天在瑞典，那位美丽女记者问出的问题。

"冷冰冰的大数据计算，如何进行生与死的伦理判断？"

他的劲敌曾经给他说过："大数据时代，任何物体都可以被攻击！"

"我不能让他得逞！"他的劲敌是个疯子，他会攻击整个大数据的世界。

高智斌大声尖叫着，他知道自己只剩最后一个机会，可以反手一击。向他这位可恶的对手予以还击。他用力摘下自己的腕表，他快速按动腕表右边的三个按钮，腕表发出"滴滴滴"的声音。

腕表发出轻微的语音："密码已经重置。"

高智斌用力把腕表从窗户扔了出去。腕表在黑夜里发出希望的光芒，像是一颗钻石般璀璨。

车身像物理学里的抛物落地弧线，重重摔落山崖之上，撞起大量火花，随之而来的，是震耳欲聋的鸣爆和划破黑夜的火焰燃烧。
　　远处海水深邃，繁星点点，这是高智斌在人世见到的最后一个画面。

2 大数据画像

"犯罪嫌疑人就职于艾尔集团,是智能与数据部的员工,他会穿着绿色发白的棉服大衣,在他泗角岛的屋子里,等待蛇头安排的偷渡船只,时间应该是今天傍晚。"

唐安站在大屏幕前面,对案件的犯罪嫌疑人作出刻画。他的面前,是公安分局、市局的各级领导。

二十六岁的唐安,还是第一次在这么多领导面前汇报案件,他不由得有些紧张。早上着装的时候,把纽扣弄错一粒,驱车来到警局之后,被女同事宋妍发现,宋妍将他拉到楼道的警容镜前一照,唐安尴尬了半天。

宋妍从自己的口袋里拿出一枚警用领带夹,说道:"我就猜你要忘记拿领带夹!"

唐安不好意思:"命案侦破,责任太大,我有点紧张。"

宋妍给他打气:"别紧张,我相信你。"

唐安赶紧收拾自己的警容,他在警容镜前又照了一照。

镜子里的宋妍给了他一个加油的手势。

宋妍眼睛大大的,很有灵气,鼻梁高高,一米六八的个头,干练的警用常服小西装一上身,更显得腰肢纤细,柔中带刚。宋妍和唐安是政法大学的同年级同学,二人不在一个班,可是宅男唐安早就听说了,隔壁班有个美女叫宋妍,没承想毕业之后二人居然一道南下考到了这座海滨城市。

宋妍看唐安的时候，总是有种老母亲的关怀视角，同龄的女生要比男生心理更成熟，宋妍老是觉得唐安带着婴儿肥的脸上还泛着稚气。

命案侦破责任重大，可别出岔子，丢了我们年级的脸，宋妍真是操碎了心。

唐安站在台上汇报案情的时候，发现自己警裤都在抖。他在内心安慰自己：这双新皮鞋不合脚，不受力，站不稳。

唐安所学的专业是大数据安全，这类专业在政法大学里，过去是冷门。可是随着近年高新技术的不断发展，犯罪智能化越来越强，网络空间与人工智能的犯罪更是让传统刑事侦查部门难以捉摸。最高警务部门一声令下，要求各级机构开展"科技强警"，有条件的地方，要快速推动"大数据战略"！

唐安进单位的时候，他所学的、所干的，还只是数据基础建设工作。什么是基础建设工作？就是保障工作，保障各警种的数据和网络运用。他和宋妍开玩笑，自己就像是后台网管，哪个部门网络不通了，找唐安；哪个部门数据更新迟了，找唐安……

警务部门自上而下推动"大数据战略"，局里迅速组建了"大数据侦查大队"，简称"数侦大队"，于是唐安从保障工作，正式走向了案件业务工作。在市一级，组建了专门针对人工智能和高新技术犯罪的特别侦查局，简称"AI特侦局"。

这起案件，是数侦大队的一次重要亮相。

唐安的顶头上司、数侦大队长金在宇坐在各级领导的座位后面，心中暗暗发怵，唐安这小子平时扎在机房里惯了，口舌就不怎么灵活，一紧张就更恼火，本来这个亮相的机会是自己的，偏偏分局领导点了唐安的名，说是让具体经办人员述案，会更直观。

金在宇看了一眼同排就座的刑警大队长蒋政，蒋政不失礼貌地向金在宇微笑，这要是换了不知内情的人，肯定也就认为二人一团和气，知道内情的人肯定能读懂蒋政这笑容的意思。金在宇和蒋政二人都是刑警大队出身，互掐已久，金在宇竞争不过，才去往数侦大队另谋出路。

"老金你还是老样子，不行啊……"蒋政微笑起来，说不出的难看。

金在宇更紧张了，唐安你可别把我的脸丢了。

"开始吧。"市局局长袁响坐在会议室中央，示意开始汇报案件。

好，开始了，加油！唐安用力捏了下自己的西服衣摆下角，他脑子里突然嗡嗡作响，像是一台老式的电脑主机，拖不动高配置标准的大型游戏，造成机身高度发热而发出了巨大的拖响声。当然，这种拖响声，玩过游戏的都知道，很可能会死机。

电脑死机不要紧，可以重启，唐安一紧张，脑子死机了，半天没说出一句话来。

唐安汗水直冒。

这下尴尬了，太尴尬了！宋妍咬着嘴唇，分局领导是唱的哪一出？为啥偏点了唐安这闷声壶！唐安你快醒一醒。

金在宇就更不用说了，如果眼神能变成一双大手，他一定立刻就把台上的唐安抓了下来，胖揍一顿，然后换自己上！自己手上拿着唐安已经写好的案件报告，上去侃侃而谈，任意发挥，旁征博引，必定能压住蒋政。

市局局长喝了一口茶，用沉稳的眼神，鼓励的目光，看了一眼唐安。

讲！

语气很平淡，对紧张的唐安来说，无疑是破解魔障的佛门狮子吼。

唐安一哆嗦，直接跳过了全部分析，直接爆出了结论：

"犯罪嫌疑人会穿着绿色发白的棉服大衣，在他汭角岛的屋子里，等待蛇头安排的偷渡船只，时间应该是今天傍晚。"

市局局长微微一笑："这是结论？"

唐安惊魂未定："是、是。"

市局局长回过头来，看着刑警支队冯副支队长："你们孔支队呢？"

冯副支队长答："孔支队给您请过假，去智慧城园区了。"

市局局长又问："这结论，你们刑警口怎么看？"

冯副支队长说："让具体承办大队说吧。"

得到上级的指示，刑警大队长蒋政站了起来："报告！这个结论尚须推敲，起码和目前我们掌握的线索有些不符合！"

"哦？"

分局局长一直没说话，这会儿开口："年轻人，给大家做下解释吧。"

唐安内心平复下来，恢复了冷静："抱歉各位领导，我第一次述案。"

"没事，讲。"

唐安道："这起案件，是智慧城一家高新企业来报案。两天前该企业的数据机房里发生命案，一位技术总监刘强强在机房里被人用锐器刺死。刑警大队已经勘验了现场，现场监控被嫌疑人事后删除，根据伤口和现场情况，推测是熟人作案……"

蒋政道："我们刑警大队查清的东西，不用重复。"

冯副支队长一挥手，蒋政坐了下去。

冯副支队长说："我问。"他看唐安这小年轻太紧张，还不如自己来引导提问。

唐安接着道："我们数侦大队在接到协查公文后，第一时间开始了数据侦查，对犯罪嫌疑人进行了大数据刻画。"

冯副支队长问："嫌疑人姓名？"

唐安答："名叫马铁。"

又问："锐器上并没有指纹，如何锁定？"

唐安答："现场共计提取11组不同脚印，说明有11个人出入过机房。"

冯副支队长微微沉吟："光是脚印，只能说明人数，不能认定身份。"

唐安道："通过艾尔企业外围的监控数据显示，有11人可能在当日出入过上述办公区域，他们身份已经一一查明。"

冯副支队长敲着桌子，问道："你怎么知道是哪一个？"

唐安答："伤情报告里推测嫌疑人是左撇子。"

"那又怎么样？"

唐安道："这11人中有一人，是左撇子。"

冯副支队长问："怎么来的？"

唐安道："健康数据库中进行的比对。"

听众席起了一点议论声。

冯副支队长仿佛有意在回应这些台下的议论，他缓缓道："健康数据库？可是……单凭左撇子，也不能锁定。"

唐安道："当日并不是工作日，公司加班人数并不多，而智能停车场里的数据里，都有这其中10人的停车记录。"

冯副支队随即会意："剩下的一人不是没开车，而是把车开得远远地停放，怕被公司停车场的数据记录下来。"

唐安继续道："这人一年内做过心理治疗。"

冯副支队长道："心理治疗？"

唐安目光灼灼道："对，据诊断，是偏执型人格。"

冯副支队长问："这又怎么来的？"

"医疗数据库比对。"

冯副支队长继续问："那和命案有什么关系？"

唐安道："这类人格很容易因矛盾触发，而引起暴力倾向。"

冯副支队长问："也就是说可能是激情杀人？"

唐安道："这只是可能。"

冯副支队长沉吟片刻："那马铁的精神状况，公司里有人知道吗？"

唐安道："马铁少言寡语，没有朋友，一心扑在技术研发上。"

冯副支队长道："如何得知？"

唐安道："从人际关系数据库中比对得知。他的日常生活，几乎没有交际，公司里只有一人与他往来，就是智能与数据部的总监刘强强，也就是本案的死者。"

"人际关系数据库又是什么？"

唐安解释道："在大数据的世界里，每个人都不是孤立的人，比如你乘坐飞机、高铁，和你同行的人是谁，一年内同行次数有多少，这就能分析你和这个人的亲密度……当然，你一天之内和某人通讯时长、频率，也是人际关系亲密度的指标。"

"嫌疑人只和死者有联系？"

唐安道："根据人际关系数据库显示，死者刘强强和马铁，同一时间进入公司，二人技术水平相当。从二人履历数据中分析，马铁比刘强强早一年考过'国际CCR数据与智能工程师认证'，而且……马铁的分数很高。"

冯副支队长沉声道："高智商的偏执狂啊……刘强强却成了马铁的主管，这是为什么？"

"马铁有性格缺陷，能做主管的人，不一定非得是技术尖子。会技术的高手，往往不出众。"

冯副支队长一笑："就像唐安你一样？"

唐安不好意思地笑，市局袁局长也笑了起来。场内紧张、尴尬的气氛终于化解。

他内心挺认可这位老前辈，此人是老刑警了，对年轻人却很关照。

冯副支队长接着问："泅角岛的房子呢？"

唐安道："嫌疑人名下只有一套房屋在市区内，案发后，他不可能去自己的房屋躲避。泅角岛的房子是他一位远亲的。"

冯副支队长道："你怎么知道他会躲那儿去？"

唐安道："此人沉默寡言，智力又高，警方能想到的地方，他自然也能想到。而泅角岛的房子，房主和他亲缘关系很远，很难被纳入视线。他躲避于此，是为了便于偷渡，运出手上的东西。"

冯副支队长问："那你们又是如何把这个房屋纳入视线的？"

唐安道："根据轨迹数据库比对。"

"轨迹数据库？"

唐安道:"对,轨迹数据库,过去三年里,嫌疑人每逢夏天,会去房子里住上几天。他会……点外卖送餐。"

"送餐地址暴露了他在这个泗角岛住过。"冯副支队长一拍手。

唐安补充道:"这个地方,便于出海。"

冯副支队长已经基本捋清了信息,他看向大队长蒋政:"他手上有什么东西?"

蒋政回答:"这人在艾尔集团的数据库里拷走了一份数据包。"

冯副支队长问:"是什么数据包?"

蒋政道:"艾尔集团的负责人还在瑞典,具体是什么,还需要等到回来才知道。"

冯副支队长说道:"小伙子,你觉得呢?他动机是什么?"

他这话是对唐安说的。

唐安此刻已经平复了紧张的情绪,在数据侦查领域,这可是他的技术本领,他缓缓地说:"嫌疑人缺钱。"

冯副支队长眉毛一抬:"哦?"

唐安道:"从银行与电子支付数据库里比对显示,此人账上有可疑流水。我们进一步通过出入境数据比对,发现他在去年一年内往返澳门与海港城13次,入住大赌场附近高档酒店,其消费水平与工薪收入极不匹配。"

"此人是艾尔集团的高级工程师,年薪很高。"

唐安道:"豪赌的人,年薪再高,也没用。"

冯副支队长道:"你怀疑他'害命'的动机是'图财'?"

唐安道:"债台高筑之后,此人极易铤而走险。"

"你的意思是,他盗取这个数据包,是能变现?"

唐安道:"大数据世界里,最普遍的是数据,最值钱的也是数据。"

冯副支队长长出一口气:"此人果然嫌疑最大……对了,你怎么知道他的穿着?"

唐安道："通过他的干洗外衣记录。"

"这也是大数据？"

唐安答："对，这也是大数据。艾尔集团给员工提供了洗衣福利，承接洗衣业务的公司是一家互联网家政服务公司，他们在集团里设置了智能洗衣回收点。这件衣服是马铁海淘购回，从数据来看，洗的频率不多，穿着时间较长。在案发前一天，马铁从干洗处取回了这件衣服。"

冯副支队长奇道："马铁就没有别的衣服了？"

唐安笑了笑："没有。从他每次送到干洗回收处的衣物数据来看，应该是堆积了一两个月。他只有在没有外衣时，才会想起要去领回干洗的衣服。"

宋妍皱起了眉头，男人的世界得是有多邋遢？

蒋政等人对视一眼，颇有不屑，你调查人家洗衣数据干什么？

唐安补充了一句："而且，马铁再冷也不会穿羽绒服，他对绒毛过敏！"

"这也是大数据？"

"对，他曾为此而就医。"

"所以，他会穿着绿色发白的棉服大衣，在海风阵阵的泗角岛，等待偷渡……那么，偷渡的时间，又是如何通过大数据确认？"

唐安笑了："这个就不是大数据侦查了，偷渡的时间，是金大队有一名线人告知！有线人情报告知金大队，一位穿着绿色发白棉服大衣的男子，出钱买了一个蛇头准备偷渡。其衣着特征、相貌特征，符合我们的画像！"

讲到这里，大家终于明白了。现场安静了好一阵。

前面大家对数侦大队去刻画嫌疑人穿什么颜色的衣服、什么质地的衣服不甚理解，有人认为是多此一举，甚至认为是唐安这小子在"炫技"。

大数据刻画的每一个细节，都可能成为锁定犯罪嫌疑人的重要信息！

金在宇紧绷的眉头终于展开。

蒋政脸色一阵青，自己手底下那么多线人，满城绕弯子，怎么没一个有动静？他转念一想，是了，唐安先用大数据确认了泗角岛的范围，侦查工作的指向性加强了，起用什么样的线人，打探什么样的消息，就更直接、更准确了。

蒋政仍然不服："这些都是数据分析，能不能得手，还没验证呢。"

市局局长袁响微微笑道："是骡子是马，还得牵出来看。老冯，你安排行动吧。"

唐安举手："冯支队，嫌疑人幼时与人斗殴，眼角缝过五针，手指断了一根，常年戴手套，所以……锐器上没有指纹。"

"这也是大数据？"

唐安道："是的。这是大数据刻画的一部分。"

袁响问："刻画得够清楚了吧？"

"清楚！"

"你们也派人去现场吧，统一听从蒋政指挥。"分局局长指示金在宇。

金在宇点点头，对唐安、宋妍说："陪蒋大队走一趟。"

两台非制式的警车飞驰而出，向海边而去。

袁局长点了一根烟，闭上了眼睛。他自己也是刑警出身，过去查案，全靠两条腿，一支笔，现在时代不一样了，大数据时代，每个人都不是孤岛，哪怕一只鸟从天上飞过，在大数据的世界里，都有痕迹。大数据侦查，到底是推动了刑侦工作，还是颠覆了刑侦工作？

袁局长吐出一口烟，心想：总的来说，必须要与时俱进嘛。如果唐安的数据分析得到一半以上的验证，这就验证了局里组建大数据侦查部门的必要性和合理性。

传统和前卫相冲撞，总会经历一个验证期。

金在宇思考的问题就比袁局长站位低得多，他心中琢磨：唐安这小子,把话说得这么满,一会儿抓获犯罪嫌疑人的时候,到底能不能收场?

3 缉凶

两台车，两队人，向泗角岛直奔而去。

海港城这几年发展呈现两极趋势，北部的新规划区域主要打造智能产业，吸引全国乃至世界各个智能企业入驻，修建了各种光怪陆离的建筑物，很像科幻电影里的未来世界，名曰"智慧城"。北部的"智慧城"里，艾尔集团的公司大楼高耸云天，成为一个有力的地标建筑。

而和"智慧城"相对的海港城南部，则保留着传统海滨民俗的建筑风格。南部政府也不急于大搞开发，反而深耕文旅产业，把南部的泗角岛一带，打造成了颇有名气的文创园。泗角岛地域宽阔，是根据一个巨型海岛礁石而得名。

一南一北的建筑风格，分别代表着海港城的过去和未来。

根据唐安提供的地址，蒋政迅速布置了对目标建筑物的包围。

目标建筑物是一处老旧的居民楼，居民楼只有3层高，大约有20来户住户。居民楼的大门朝北，楼形呈一字，背后窗户都能看见大海。这样的居民楼在泗角岛很常见，属于海港城的土著聚居区。

蒋政看了看表，时间已经差不多了，等待是个漫长的过程。

根据查缉方案，刑警队的人为主，尝试先便衣进入试探，锁定目标，然后一举突破抓捕。

宋妍摩拳擦掌、跃跃欲试，一把拉过唐安，道："一会儿我跟着他们上去，你外面守着。"

唐安正要说话，耳机里蒋政发布命令道："不了，你们二人都守在外面。"

"啊？"宋妍老大的不乐意，敢情蒋大队根本就没想过让他们参与，"那安排我们来干什么？"

蒋政又道："小秦，外面陪着二位。"

刑警大队的年轻人小秦拉开车门，跳进了唐安的车。

"现在数侦的技术人才都是宝，蒋队可不敢让二位犯险。"小秦一脸堆笑。小秦是宋妍的师弟，平素和宋妍关系不错。

宋妍一嘟囔："没劲。"

"唐哥，我有个疑问。"小秦开口问。

唐安回道："啥？"

小秦问："今天在会上你们对犯罪嫌疑人进行的侧写刻画，真是细致入微，是基于什么办到的？"

"嗯？大数据刻画，肯定是基于大数据啊！"

小秦感觉有些被戏弄了，又问："可是，这些数据从哪儿来啊？搜集全民数据，不是涉及到隐私权吗？"

唐安看了看宋妍，姐你给解释一下。

唐安这小子精通技术，可是要他开口给你阐述，估计小秦得听晕。"你这嘴啊，笨得跟狗似的。"

唐安的性子大家都知道，老是低头拉车，少有抬头看路，一直得不到提拔，也是因为这个原因。不过宋妍看来，这小子踏踏实实，毕竟比许多伪专家"好为人师"强。

宋妍道："全民数据是一个非常庞大的体量，目前没有任何一家服务器可以承载得下。对于大数据侦查，最理想的状态是通过立法，授权政府和公民达成某种协议，由政府来管理公民的数据，然后侦查机关在授权下出于打击犯罪的目的来使用这些大数据。"

小秦挠头："我没太明白。"

宋妍口齿伶俐，尽量讲得通俗易懂："目前我们国内没有公民隐私和信息的保护法，没有一个集中对全民数据进行管理和保护的机构！现在各个数据使用主体，都是各自为政，各显神通去搜集数据，形成了许多'数据孤岛'，比如你常用的外卖APP、医疗APP、电影APP等，注册的时候就会跳出一个隐私协议。当然很多人是不会去细读这个隐私协议，这个协议的大致内容，说的是征求用户同意，可以在一定范围内合理搜集并使用用户的数据。这些民间APP拥有庞大的用户数量之后，也就积累了庞大的民间数据。"

"那你们的侦查数据库咋来的？"小秦看向唐安。

唐安点头："嗯，嗯。"

"你嗯个什么劲。"只要宋妍在讲话，唐安就会不自觉地附和。

宋妍接着道："数侦大队的数据有两类，一类是根据多年公安机关进行社会面管理时积累的数据，比如户籍人口、车辆交通、住宿信息等，这些数据是目前我们自己经过数十年努力积累起来的，是属于社会管理必需的数据采集，这有法律的直接授权。"

"那第二类呢？"

"第二类就是刚刚说到的民间数据。根据侦查需要，我们会和这些数据拥有者，达成协议或者协作。当某个案件需要时，根据法律程序，他们将数据对我们开放一个接口，比如今天刻画犯罪嫌疑人使用的医疗数据、健康数据、外卖地址数据、干洗衣服数据等，简单来说，这些数据是别人根据服务需要和公民订立自愿协议搜集的，我们目前只是依法使用一时。"

宋妍顿了一顿，道："这些民间数据的搜集，实际上存在巨大的隐患。"

小秦问："什么隐患？"

宋妍道："这些民间数据可以向我们开放，自然也存在可能向别人开放。这种开放，可以是合法的协议模式，也有可能是非法攻击他人服务器，窃取公民数据。在大数据时代，数据是最值钱的，也是最脆弱的。"

小秦仰起脑袋，看着天窗："今天展示的大数据侦查如此厉害，要是我们能把全民数据都使用起来，天底下就没有破不了的案子了。"

唐安道："恐怕，这个很难。"

蓦地，宋妍想到一事，问道："马铁盗走的是艾尔集团的一个数据包？"

"是的。"唐安微微皱眉，"这是什么数据包？"

小秦道："马铁秘密搜集数据？这是要干什么？"

唐安沉吟片刻，道："恐怕这不是马铁一个人能干出的事。"

"各单位注意。"耳机里响起了指挥声。

嫌疑人从院子外面走了进来，拎着两个塑料口袋，口袋里看样子是打包的饭菜。

蒋政在望远镜上看着，他的镜头里，目标果然穿着绿色发白的棉服大衣。目标左顾右盼，帽子压得很低，确保身后安全，这才走进院子。

蒋政对着步话机："罗兴东跟上去。"

一个身着电信服饰的男子跟进了院子，这人是蒋政麾下的刑警罗兴东。罗兴东身手高超，只需要在嫌疑人跨步走上楼梯的一刹那，猝不及防地出手突袭，就能一招将他放倒，然后两侧埋伏的刑警冲出来，截断他退路，并且无声无息、不动声响地将他带走。

计划有时总赶不上变化。

就在嫌疑人即将走上楼梯的时候，他突然转过头来，正向罗兴东，快步而来。

罗兴东的出手计划被打乱，若无其事地继续往院里走。

嫌疑人把拎在手上的食品袋扔到了居民楼底楼大门右边的垃圾堆里。和垃圾堆一并扔下的，还有一枚小小的镜子。

蒋政瞬间明白，他正面向前走进院子，却未曾放松警惕。他从镜子里反光看到了罗兴东!

好狡猾的嫌疑人。

蒋政对着步话机:"目标有异常。"

嫌疑人本能意识到了危险,他突然发足狂奔,向与居民楼相反的方向跑去!

"抓住他!"

罗兴东在内的两名刑警从左右两侧冲了上来。嫌疑人面对刑警,像是被激发的魔鬼,左手抄起了刀具,暴力拒捕,直向宋妍他们的车辆奔去。

宋妍大喊:"走,帮忙去!"

唐安和小秦也跳下了车。

蒋政指挥若定:"料理了他。"

小秦冲了上去,一脚蹬出,却被嫌疑人迅速躲开。

嫌疑人大声疾呼,手中刀具发疯一般乱砍。他在刀光之间,瞥见包围圈中有女警,便疯扑而上。

宋妍伸手去格挡,吓得脸色惨白。

唐安大骇,他不及细想,扑上前去,抱住嫌疑人腰部,用力向后推去,将他推出宋妍的安全距离。

嫌疑人一手牢牢抓住唐安,一手反手举刀,便要向唐安背上插落。这惊险一幕,只在电光石火之间,宋妍只觉心都拉到了嗓子眼。

当此危机时刻,唐安脑中一片糨糊,完了完了,我还没有找到女朋友,早知道如此,就不要天天宅在屋里打游戏!

蓦地,唐安只觉手上压力一松,嫌疑人身形猛地一斜。他也不明就里,只觉天赐良机不可错过。借着嫌疑人手上力道松懈之际,他用力一扭,只听一声闷响,他与嫌疑人共同摔倒在地。

这招警体技能中的功夫他在大学里必修课学过,本来这一招使出,是把敌人盘摔在地,可是唐安现在技能已经生疏,一个操作不当,就与嫌疑人双双摔倒。

罗兴东和小秦冲了上来，三下五除二就铐住了嫌疑人。

唐安在地上吃了许多尘土，只听小秦称赞："蒋队这一脚当真厉害，这小贼直接被踢翻！"

原来出手解救唐安的，正是蒋政。

蒋政拉起他的帽子一看，眼角果然有一道疤痕。

蒋政再看他手，果然戴着手套，手套除去后，一截手指被斩去一头，留下陈旧伤。

唐安的大数据分析，不是一半被验证，而是全部被验证！

蒋政看着地上的唐安，面露复杂神色。

后续的工作就简单了，对嫌疑人进行突审。

案件的进展报告很快就送到了分局局长手里。分局局长向市局局长袁响汇报，袁局长充分相信下面的兄弟们能干出漂亮的结果。

案件商讨会即将散会的时候，金在宇志得意满，表示自己会努力开疆拓土，把大数据侦查部门锻造成为海港公安系统的一把利剑。

当金在宇走过蒋政面前的时候，也不知道是出于什么心情，他伸手准备与蒋政握手。

金在宇说："老蒋，以后我们紧密合作。"

蒋政面色冷冷，说了一句话把金在宇钉在当场："大数据简直是全民监控！搜集这么多数据……公民的隐私权，就不需要保护了？"

金在宇以为他是不服气，便顶了上去："使用侦查手段打击犯罪，既是职责，又是法律赋予的权利，时代在发展，侦查工作也要跟上大数据时代。搜集数据、建立数据库和使用大数据库进行侦查，都有严格的控制程序，上跨两级批准才能使用……"

蒋政挥挥手，打断了他："在宇啊你还是老样子，一开口不是说废话，就是说官话。"

金在宇一拍桌子："你什么意思？"

蒋政悠然道:"我说的不是'咱们'使用大数据搜集不妥。"

"哦?"金在宇还没意识到问题所在。

蒋政看着唐安:"我看你手下的年轻人都比你脑子好使。"

金在宇道:"你少阴阳怪气的!有什么直说!"

蒋政鼻子里哼了一声,冷冷笑道:"我们搜集公民数据有严格的法律程序,可是当前市面上违法搜集公民大数据却已经过火得很……"

蒋政顿了一顿,有意无意地看了看唐安。

唐安接口道:"眼下是数据为王,谁掌握了更多更精准的数据,就能有目的地开展计算和分析,在侦查工作中可以刻画嫌疑人;在商业活动中,可以精准刻画客户;甚至在智能研发领域,这些行为数据是支撑智能研发的基础……"

蒋政道:"你们难道还推理不到马铁偷走的数据包是什么吗?"

金在宇脑门一跳:"艾尔集团进行智能设备研发,自然需要许多数据支撑。"

蒋政缓缓道:"到底是多值钱的数据包,才值得杀掉高管?这些数据艾尔集团是不是合法采集?马铁到底要把这个数据包卖给谁?"

蒋政站起身来:"好了,刚刚金队是不是说过我们要紧密合作?"

金在宇终于回味过来蒋政的话:"是,蒋队要怎样合作?"

"把唐安借调过来吧。只怕,这个案子才揭开冰山一角。"

金在宇自然知道他的用意,他是想把整个案件牢牢抓在刑警大队手里,但搞清艾尔集团被窃的这个数据包到底是什么,他需要唐安这样的技术人才。

金在宇面有难色:"等艾尔集团的负责人回来,不就搞清楚这数据包都是什么了。"

蒋政长吸一口烟,他甩出几张照片,照片里是烧成铁架的汽车残骸,照片的背景像是海边。这是他刚收到的资料。

蒋政一字字道:"艾尔集团的高智斌,恐怕是不会回来了。"

4 智慧城

"汽车燃烧中的死者叫做高智斌,是'智慧城'的知名人物、艾尔智能集团的总裁……"

刑警支队支队长孔秀哲听着报告,眉头紧锁,压力山大。这样的大人物死了,各类媒体报道漫天飞!艾尔智能的股票重挫,引发投资人一阵恐慌。有传言说是艾尔集团的智能汽车系统出现故障,造成了车辆的失控。

人工智能是否可靠?

互联网上掀起了一阵讨论热潮,讨论的结果将矛头直指"智慧城"。每年从"智慧城"生产出的各种智能产品,智能汽车、智能电视、智能无人机、智能穿戴设备、智能机床、智能机器人……数不胜数,到底人工智能是否安全,是否科学?海港城政府迅猛推动人工智能工业,是否过于盲目和超前?

高智斌车辆失事,成为了扔进水潭里的一块石子,激起了千尺浪。

先是艾尔集团数据失窃,后是高智斌车辆失事,这到底是意外,还是人为?市局局长袁响刚刚传达了海港城市委书记顾兴东的指示:要求限期查明真相!

刑警大队蒋政的请示已经放到了孔秀哲的案头。孔支队迅速理了理思路,批准了成立专案组的方案。既然涉及大数据和人工智能,那么数侦大队的参与必不可少。老蒋的心思我能不知道吗？抽调人家金在宇的精干力量，到自己的山头来，干好了算自己的，干不好板子打给金在宇。

孔秀哲心中盘算，蒋政和金在宇过去都是孔秀哲的部下，他二人斗了这么长时间，也该找个机会握手言和才对。传统刑侦和大数据侦查必须紧密结合起来，才能应付未来各种智能犯罪。

孔秀哲点了根烟，山头主义是不行的，业务融合才是正道。他提起笔来，在专案组的成员配置上，提出要求以金在宇的数侦部门为主，并报请了袁局长审批。

蒋政收到专案组命令的时候瞪大了眼，金在宇成了组长，自己成了副手，他不服。不服找孔支队问去，孔支队给蒋政讲了个故事："你知道蒋介石的军事王国里最大的问题是什么吗？"

蒋政熟读近代史书，答："山头太多。"

孔秀哲扔给他一支烟，蒋政追随孔秀哲多年，这个动作其实表明二人的亲密关系。

孔秀哲语重心长说："错了，山头太多固然是问题，可是却不是最大的问题，最大的问题是蒋介石自己成了山头。作为决策者，你手底下有山头，你可以协调平衡，打破山头，可是蒋介石自己变成了浙江帮、黄埔系的头头，这让别人怎么看？我要是把你这份请示呈给袁局长，你来指挥金在宇，局领导怎么看我？大数据时代了，好好合作啊，'老蒋'！"

"还是那句老话，人和人工智能相比，更能变通啊。"孔秀哲一挥手，"做好分工，老金当组长，他毕竟敬你三分。去趟'智慧城'，先排除高智斌事件是不是意外，然后着手应付媒体的信息披露会吧。"

和高智斌车辆在依山海岸燃烧点向北相距六十公里的地方，是海港城的规划新区。新区是海港城打造的智能产业区域，由于有着政府的大力支持和推动，高新智能企业纷纷入驻规划新区，这个新区因此而得了个"智慧城"的名字。

"智慧城"的正中心，是一座高480米的摩天大楼，名叫"智能大厦"。

"智能大厦"是整个科技城乃至海港城的标志性建筑。这座拥有众多全球500强企业和智能新锐企业入驻的摩天大楼像是一面旗帜，昭示着海港城在智能产业方面的领军地位。高智斌的艾尔集团就在这座摩天大楼的制高点。

这座摩天大楼号称是世界上"最聪明的楼"，它具有一切当前可以想象得到的智能设备，甚至具备一切当前想象不到的智能设备。

值得一提的是，这座摩天大楼的"智能防护系统"出自高智斌之手，号称是"无惧任何危险"的智能系统，火灾、爆炸、恐怖袭击……都不在话下。当大楼的智能系统判断出危险降临时，它会像汽车弹出"安全气囊"一般，激活各种智能设备，对大厦的外墙进行整体性磁力加固防止崩塌，对人员进行防爆隔离保护，对火情进行自动扑灭，对侵袭者进行就地控制……同时，大楼的智能系统还能主动对接警方的应急救援中心，启动应急救援电梯，清点楼层人员，通过机器人有序撤离。如果是高空营救，智能系统会打开应急窗口，向警方的救援直升机伸出高空逃生通道！

高智斌不止一次在公开场合说过："智能大厦，世界上最安全的建筑物！"

世界各国的参观者，都称赞过，这是人工智能与建筑设计结合的典范。

"智能大厦"背后各种光怪陆离、各种形状的建筑物，都是各个智能企业的独立王国。这些独立王国的领袖充分发挥自己的个人才智，把王国的办公地点打造得各具科幻感。

"谁说工科男，就没有想象力！没有工科基础的科幻，真是瞎想！"英国科幻小说家贝恩曾随英国皇室与商务团体访问东海省省会海港城。当贝恩站在智慧城面前，看着眼前呈现的各种科幻电影中的建筑物，不由得大为惊叹。

在这次重要的访问中，时任东海省省委书记陶武一，省委常委、省长聂新海,省委常委、海港市市委书记顾兴东等都出席了会谈。

书记顾兴东幽默风趣地接过了话头:"没有工科基础的科幻虽然缥缈,可是工科男的想象力,却大多都是来自科幻作家。"

"智慧城"的风头,在全球的智能产业圈子里,一时无两,在这种环境下,才诞生了高智斌率领下的"艾尔智能"这样的智能龙头企业。

还有三个月,就是"智慧城"落成十周年,"智慧城"新区管委会经报请同意后,准备在"智慧城"举行一场隆重的音乐会庆典。英国著名的乐团将受邀前来演奏,"智慧城"将再次迎来各国政要光临。

高智斌就是这"智慧城"的宠儿、王子,不,应该是某个诸侯国的国王。高智斌的失事虽然激起了波澜,但并没有影响"智慧城"实体产业的运行。唐安和宋妍来到"智慧城"的时候,眼前仍然是一片忙碌的科幻场面。

二人搭乘无人智轨,穿梭在建筑物间,直往摩天大楼而去。艾尔集团的总部就在摩天大楼的顶端,宋妍和唐安在前台亮明身份之后,获得了一个访客编号。二人走进观光电梯。电梯门自动打开,语音提示询问是否是前往艾尔智能,并要求报送访客编号。电梯开始徐徐上升。

电梯上升的过程中,脚下的城市建筑变得越来越小,观光电梯直入云霄,将"智慧城"的奇幻风光尽收眼底。唐安看着电梯外的风景,远处是一个立着"艾尔智能"标志的生产厂房,这生产厂房在摩天大楼旁边稍矮的建筑物中间。唐安随眼望去,整个"智慧城"有五六处这样的"艾尔智能"。他旋即明白,艾尔智能的总部是在这摩天大楼之上,而艾尔集团的实体车间,却分布在"智慧城"的各处。

唐安闭上眼,想象着高智斌每天拉开办公室的窗帘,巨大的落地玻璃外,阳光明媚,各种无人飞行器在摩天大楼外运作。高智斌自上而下观之,通过视频和语音检阅自己名下的产业,犹如君临天下。

早在念书的时候,唐安就听说过高智斌。他是寒门学子的典范,是海港城有名的企业家,艾尔智能是当前最尖端的智能企业,除了龙头产品艾尔汽车之外，还研发设计各种智能产品。

"艾尔智能的目标是把人工智能变成空气！AIR！"

高智斌在一次受导师李大勋教授邀请，赴母校演讲的时候，意气风发，高声喊出了自己的目标。像空气一样存在的人工智能，你不能离开它，就像无法离开空气。

"难道，你们不想看见我们自己实现一种超级智能吗？就像——"演讲中的高智斌意识到，可能自己说得过于悬浮，得找一个恰当的比喻才好。

什么是超级智能？高智斌顿了一顿，笑着说道："就像《复仇者联盟》里钢铁侠的'贾维斯'或者是'星期五'！""贾维斯"和"星期五"是美国漫威漫画世界里的人工智能（AI）。

台下爆发出热烈的掌声。只是那个时候，谁也不知道，高智斌真的发明了一款人工智能，叫做"艾尔"，即将问世。

高智斌又道："当然，我们还需要避免人工智能诞生出'奥创'！"

这就是在讨论人工智能和人类的关系了。"奥创"是美国漫威漫画旗下的超级反派，是被创造出来的人工智能，后来"奥创"拥有自我意识后变坏，一直致力于消灭地球上所有的生命。它在被正义人士击败后又再一次复活，给地球带来无尽的死亡与毁灭，堪称影片中挥之不去的梦魇。

台下又爆发出热烈的笑声。

当时的场景是，整个演讲场面一片沸腾，台下的学子们像崇拜超级英雄一样崇拜着高智斌。高智斌似乎就像是漫威英雄里的钢铁侠托尼·斯塔克，掌管着尖端的科技企业，有一颗热血不老的心。

和托尼·斯塔克不同的是，高智斌不是出生在一个富豪家庭，他出身寒微，用自己的双手和头脑，建立了艾尔智能帝国，这比美国的超级英雄故事，更加具有正能量，更能激荡人心！

学生时代的唐安，悄悄在宿舍的电脑上，贴了一张高智斌的照片。

宋妍问："你说，这人工智能是不是有一天会取代所有人类？"

宋妍把唐安从回忆中拉回了现实。

唐安道:"我看很难。"

"为什么?实现科技的终极理论,不是你们工科男的梦想吗?"

"任何人工智能都必须基于数据运算,只要是数据运算,就无法避免存在失误或者漏洞。"唐安摸着下巴。

"你的意思是……怀疑艾尔汽车造成的事故,是运算失误?"宋妍问。

唐安道:"不一定。"

"你是聊天终结机啊,一次把话说完要死吗?"

唐安故意模仿机器人的语调,答道:"是的,终结。"

宋妍举起手就甩他一个爆栗:"给本小姐好好说话!"

唐安一耸肩:"你看吧,和人工智能说话,终究不及和大活人说话有意思。"

宋妍道:"我看啊,和你这大活人说话,能把人气死才是真。"

唐安一本正经道:"我纠正我刚刚的说法,艾尔汽车失事,多半都是运算失误,可是这运算失误,也有着两种可能。"

"一种是'故障',一种是'人为'。'人为'也就是说有人攻击了艾尔汽车的'智能中枢'。可是'人为'也区分'故意'和'过失'啊。"宋妍点头道。

唐安道:"一切'智能中枢',都是基于大数据进行运算的'拟态大脑',理论上来说,任何数据库的安全措施都必须随时升级,但是,这世界上目前没有绝对安全的防火墙。只要对方水平足够高,接近无限值,物联网的一切都是可以攻击的。"

"艾尔汽车是艾尔智能集团的扛鼎力作,其程序设计是何其复杂,如果连艾尔汽车都可以被攻击,那么这'智慧城'里还有什么'智能中枢'是安全的?"

唐安又耸耸肩:"妍姐你此话只对了一半。"

"怎么？"

"每个数据库的安全架构是完全不同的，也就是说攻击不同数据库，其使用方法完全不同。"

"明白了！"宋妍猛地醒悟，她看着唐安，这小子虽然不大通达事理，可是在技术领域却是一把好手。

宋妍道："如果艾尔汽车被攻击，造成高智斌的失事，那么只有一种可能，这种攻击本来就是专门针对艾尔集团的攻击，也就是说存在预谋的主观故意。"

唐安道："对，面对这么复杂的数据算法，没有'误伤'的说法，也没有'过失'的可能，只可能是专门组织力量进行的攻击。"

"如果我们排除了艾尔汽车失事是故障，那么……"

唐安面色凝重道："我们已经基本可以排除艾尔汽车失事是故障了。"

宋妍道："哦？蒋大队那边有什么消息？"

"突审已经结束了，消息很简单。"

"马铁交代了数据包的买家？"宋妍问。

"没。"唐安低沉着声音，"数据包的买家是在暗网上与马铁沟通，出价购买。但这并不是最重磅的消息，最重磅的，是一个月前，这一暗网账号还买通了马铁，获取了一份艾尔汽车的安防设计方案。"

"马铁能搞到这么重要的东西？"宋妍奇道。

唐安道："根据人际关系库的数据反映，高智斌、马铁、刘强强三人，关系很深，并非普通的上下级员工。"

"这个我有所耳闻，三人当年是同学，后二人追随高智斌多年。"

"刘强强和马铁二人本身就是艾尔汽车的安防系统设计人。"唐安长叹一口气。

宋妍道："把这么重要的系统交给一个……一个有精神缺陷的人？"

唐安道："马铁的精神缺陷只是偏执啊，对技术偏执的人可能钻入技术的最深殿堂，而且……从世界普遍的行业情况来看，最尖端的技术人才，谁不是有点偏执的呢？"

宋妍喃喃道："或许对于高智斌来说，有缺陷的人，才是可以使用的人。"

唐安道："这么看来高智斌信任马铁？"

"应该是。"

"可是马铁却出卖了他。"

宋妍叹口气，道，"到底是智能机器好，还是人心好？有时候人的心，永远看不透。"

宋妍又道："那买安防设计方案和买数据包的，是不是同一人？"

唐安道："根据蒋大队突审获取的笔录显示，现在还不知道幕后买家身份，马铁自己也不知道。对方两次使用同一暗网账号与马铁进行联系，根本没有见过面，也没有留下痕迹。双方交易使用的是暗网币。这些虚拟币在账户里转了一圈，跑到对岸澳门的地下钱庄里，进行了洗白。"

宋妍奇道："暗网币？"

"对，一种虚拟货币，其实质也是数据罢了。"

宋妍忧心忡忡："大数据世界的犯罪越来越智能化了。"

唐安道："魔高一尺，道高一丈，这才是我们今后大数据侦查的发展方向。"

"金大队已经追查这个暗网用户去了？"

"已经上报市局，组织专班追查这个暗网用户。"唐安道，"高智斌出事之前，去过瑞典，陪同他一道前去的，是他的秘书。"

宋妍看着玻璃窗外，充满科技感的"智慧城"正在飞速发展，各种无人设备正在有序运行，无人生产线、无人车床、无人智轨、无人电梯……她和唐安也是多年同学，在自己这条战线，永远都是相信自己的战友，随时可以把后背交托给战友。可是，这眼前热热闹闹、千变万化的科技城市，正用没有人情味的智能系统来代替一切。

是不是和数据打交道久了，人也会变得冷冰冰？宋妍想，马铁为了钱财出卖高智斌的汽车安防方案,为了盗取数据包而杀害刘强强……"人心的欲望就像一座牢,无论如何越狱,也只是停在原地。"

二人谈话有些沉重,只听"当"的一声,电梯里温柔的智能语音提示:"二位贵宾,艾尔集团已经到了,高智斌先生欢迎您观光未来的世界。"

智能系统看来还没来得及更新高智斌已经失事的消息,这声问候,让唐安和宋妍背心一寒。

5 黑匣子

李大勋教授接到这个不速来电的时候,刚刚要躺下睡个午觉。他坐起身来,他的枕边是一个四四方方的智能助理终端,上面打着"艾尔智能"的标志。

由于感应到大勋教授的精神状态,房间里的智能助理终端自动调节了房内的灯光亮度。他挥了挥手,自动感应的百叶窗侧开了所有光面。今天阳光不错,隔着灌木树叶的缝隙洒落下来,给整个浅水公园带来一阵迷人的光晕。

"中午来电话可真是……"他明明记得设置过家里的智能助理,中午一点以后,就切换成自动应答功能。一点以后无论是谁,拨打李大勋教授的电话,都将由智能助理接通手机:"您好,大勋教授正在午休,现在是智能应答,您可以告诉我什么事,我会根据紧急情况判断……"

"主人,现在是中午 12 点 59 分……您比平日早下榻 3 分钟。"四四方方的智能助理盒子作出了辩解。

大勋教授笑了,人工智能再智能,也终究是机器,只能照着人类设定好的程序运作。

李大勋教授已经快六十岁了,满头的头发依然乌黑。他的双目有神,一张国字脸很是端正,长期从事大数据安全领域的研究,使得他的思维依旧活跃。早在二十年前,他就已经是国内数据与智能领域的专家泰斗。

他的生活很规律,每天读书读报,进行数据研究,闲时健身游泳,保持充足的体力,这样才能应付自己科研道路上的重重难题。他的老伴去世后,一直一个人独居,他的学生高智斌在研发出第一款智能助理之后,就送了一台过来。高智斌希望自己不断升级改进的智能助理,能像"贾维斯"或者"星期五"一样,照料大勋教授的一切。

那个时候的智能助理产品个头特别大,像是一台电视机一样。高智斌很爱戴他的老师,没有老师当年的资助,他可能连学业都无法完成,更别说成为智能行业的龙头老大。

艾尔集团但凡研发出新的智能助理,都会第一时间送到大勋教授的手上,就像是完成了暑假作业的学生,小心翼翼地交出自己的作业,让老师批阅。

大勋教授依然保持着旺盛的科研精力,他很害怕自己会退休,因为研究大数据与人工智能的人,如果一旦停步,就会被迅速发展的网络时代抛弃。因此,终生学习,终生研究,是他给自己的座右铭。

这一通电话打扰了他休息,看到电话来电显示是他的又一名得意弟子黄以民时,他已然睡意全无。这位学生但凡来电,一定是出了什么事。

黄以民现在已经官居海港城公安局大数据侦查支队长,是金在宇、唐安等人的直属领导,海港城警队里负责大数据侦查的顶尖人物。

李大勋教授接起了电话,他眯起眼睛,眼角的困乏皱纹掩不住他惊慌的神色。他意识到了问题的严重性,他手不由自主地发起抖来。他看了一眼身边的智能助理,这款智能助理的屏幕是一个模拟的可爱笑脸。

看着这个笑脸,他眼角一道泪珠滚落。

黄以民在电话里说的第一句话是:"老师,智斌师兄出事了……"

半个小时之后,黄以民的车辆开到了李大勋教授的楼下,驾车的干警没有熄火,车辆停在专家楼外面的一棵大梨树旁。

黄以民从后排按下了车窗,看了看这棵梨树,他曾经还和高智斌在念书的时候悄悄爬上去摘人家的梨。和高智斌一毕业就出去商海打拼不同，黄以民出生在公职家庭，毕业时谨遵家翁法旨，投身进了衙门队伍。

黄以民抽了两根烟，也不急着给老师打电话。他知道大勋教授是个"精准"的人。研究数据和智能的人，必定对时间也非常严格。

李大勋教授披着一件黑色大衣走了下来，他的头发没有梳理，眼圈发红。黄以民亲自给大勋教授拉开了车门。

车辆缓缓驶出专家楼，黑色的车，黑色的人，黑色的天空一样低沉。

"'黑匣子'找到了吗？"这是李大勋教授一上车，问的第一句话。

"黑匣子"原本指的是飞机专用的电子记录设备之一。它能把飞机停止工作或失事坠毁前半小时的语音对话和两小时的飞行高度、速度、航向、爬升率、下降率、加速情况、耗油量、起落架放收、格林尼治时间，还有飞机系统工作状况和发动机工作参数等飞行参数都记录下来，需要时把所记录的内容解码，供飞行实验、事故分析之用。

根据李大勋对高智斌的了解，他研发的艾尔智能汽车，也配备有类似的"黑匣子"。

找到"黑匣子"就能知道在事故发生前的30分钟内都发生了些什么事。

黄以民道："找到了。"

李大勋微合双目："原因找到了吗？"

黄以民一副谦卑的神色："学生组织了很多人，尝试分析智斌师兄的'黑匣子'，可是数据口有一个难关一直突破不了……"

"所以你来找我？"大勋教授道。

黄以民道："是。"

李大勋教授道："到底是什么难关？"

黄以民道："智斌师兄给艾尔汽车的'黑匣子'设置了一个密码。"

李大勋教授奇道："连你也打不开？"

黄以民道："惭愧。"

李大勋教授合上眼，如老僧入定。

片刻之后，李大勋教授忽然道："智斌出事，应当是人为。"

黄以民心中其实早有答案，此刻他更想从老师的专业角度得到印证。

黄以民试探着问："老师从哪儿看出来的？"

李大勋教授沉吟片刻，道："这密码不是智斌设计的。"

"此话怎么讲？"

李大勋教授道："'黑匣子'是用于记录艾尔汽车事故前的记录仪，既然是记录仪，本来就要给人看的，搞什么玄虚，让人难以破解？"

黄以民道："老师说的有道理。"

李大勋教授继续道："既然不是智斌自己设置的，那么这里面就有问题。"

"看来是有人要阻止事发后警方对事故进行分析还原。这一次局里请老师出马，来破解'黑匣子'，正是想找到艾尔汽车失事前的真相。"

李大勋教授看着窗外，他对自己的几个得意弟子的能力，熟悉得很，数据与智能领域的研究，从来不是刻苦或者勤奋就可以达到一定境界，而一定是靠悟性的。高智斌的悟性出类拔萃，加上他的勤奋努力，才实现了今天的成就。物联网时代的数据攻防，就如同武林高手对垒，谁的手段高，谁就可以胜出一筹。

黄以民继续道："我之前也反复想过，对方此举颇有些'欲盖弥彰'，你想，如果警方发现'黑匣子'打不开，自然会推知不会是高智斌自己把它锁上，而一定怀疑有他人动了手脚，这起事故很容易就被推知不是'意外'了。"

"或许对方根本就没想过要把智斌的死掩盖成'意外'呢？"李大勋教授思索道。

黄以民奇道："他是要挑战警方？"

李大勋道："未必。"

"那他锁上'黑匣子'岂非多此一举？"

李大勋教授目光如灼，道："你师兄号称'智能之主'，他要挑战

041

的，是高智斌。要锁上艾尔汽车的'黑匣子'，肯定必须先以黑客手段攻击艾尔汽车的'智能中枢'，先行把艾尔汽车接管控制。这一点，说明对方手段极其高超。"

黄以民接口道："对方不光手段高超，胆量也是包天。如果是攻击汽车中枢造成智斌师兄死亡，这就是谋杀。犯罪实施后锁住'黑匣子'，无疑是告诉别人：这就是有人做了手脚，若有能耐，就解开来，找到证据吧。"

李大勋教授看着黄以民，眼中饱含悲愤："以民，这是在打咱们师门的脸！"

黄以民面色凝重："能向高智斌下手，到底是谁，有这个技术实力？"

6 摩天大楼

"老同学!"

宋妍和唐安刚走出艾尔集团的电梯门,只听一声喊,一名身穿黄色连衣裙,外披白色职业小西装的靓丽女士迎了上来。

唐安揉了揉眼睛,看了看宋妍,以为是叫宋妍。宋妍眼睛翻得老高:"你看我干什么?"

唐安简直没认出这是自己当年的高中同学徐晓。浓妆艳抹的徐晓走过来的时候,慑人的气场十足。

徐晓走过来就做了自我介绍:"不记得我了,唐安?我是徐晓啊。"

唐安乍见美女,有点发窘:"想是想起了,你变化太大了!"

徐晓伸手和宋妍、唐安握手:"我知道二位来是有公务,叙旧的事一会儿留给饭点,我已经预留好了我们公司的西餐厅位置。女士您好,我是高总的人力秘书。"

宋妍对花枝招展的徐晓没有好感,她礼貌地伸手:"吃饭就不必了,我们来了解下高智斌汽车事故的情况。"

徐晓将二人引进一个安静的小型会议室:"集团保卫部接到警方通知,按照保密要求,二位来调查的事情没有声张。集团办公室已经安排好了,高总出了交通事故后,现在有另外的常务副总裁在负责集团工作。如果是需要了解高总的情况,你们可以问我;如果是了解其他情况,我再请

043

示副总裁。"

唐安听着徐晓说"高总出了交通事故后",总是感觉哪儿不对劲。宋妍用腿碰了唐安一下,唐安才回过神来。

唐安见了女士不大会说话,特别是徐晓那一双水汪汪的眼睛看着唐安,他更不知道该从何聊起,于是询问的任务就给了宋妍。宋妍挥手示意他做个简单记录。

徐晓显然已经是对各种场合应付自如了。

简单的开场白之后,宋妍便直接开问。关于马铁的一切,大数据侦查已经摸得很清楚,所以外调的重点围绕在高智斌的事故上。

宋妍开始问:"听说高智斌出事之前,你和他一同去了瑞典斯德哥尔摩?"

"是的。"

"是去干什么呢?"

"艾尔汽车出口到北欧市场,高总去进行一场路演。"

宋妍问:"这期间发生了什么异常的事吗?"

徐晓问:"什么是异常?如果没有察觉异常,应该就是没有异常吧。"

宋妍道:"那能和我们讲讲去瑞典前后的事情吗?"

徐晓口齿伶俐,声音清脆。她缓缓将她陪同高智斌去往斯德哥尔摩的情况一五一十地讲了出来,宋妍要求她尽量细致。徐晓回忆起高智斌即将离开瑞典的那一天,在演讲厅做了精彩的演讲,会上还有几名记者提出了刁钻的问题。

宋妍突然问:"高智斌这样的人物,去瑞典,为什么只带你一个人?"

这个问题就有些耐人寻味了,宋妍观察了一下徐晓的表情。

徐晓神色如常:"高总有智能助理。高总一直认为人力终将被替代,他的出行从来没有三五成群,只需要一个基本的人力秘书配合各种人工智能就好了;甚至从机场返回,他都只需要艾尔智能汽车送他回去,不需要司机,更不需要人力秘书。"

唐安和宋妍这才反应过来,怪不得徐晓介绍自己是"人力秘书",原来在智能狂人高智斌的世界里,用得最顺手的,还是"智能秘书"!

"高智斌从飞机上下来,是他自己驱车回家的?"唐安问。

徐晓道:"不一定由高总自己开车,你们知道的,艾尔汽车是可以设定好终点和起点,然后进行智能驾驶的。"

宋妍道:"艾尔汽车的无人驾驶功能,在法律层面上,至今还存在争议。"

徐晓道:"任何新生事物总是需要经历一个接受期。"

宋妍微微笑道:"您刚才也说了,在瑞典有记者提问问到关于数据运算与生死伦理选择的问题。在这个问题上,恐怕所有的人工智能都无法替代人类。"

"这就是'仁者见仁,智者见智'了。"徐晓向椅背仰靠。

宋妍问:"高智斌在瑞典短短几天,就是您刚刚说的这些事儿?有没有见过什么人,或者遇到什么特别的事?"

"哦,对了!我想起来一件事。"

"什么?"

"高总演讲的头一天晚上23点左右,被一个电话约出,回来的时候已经是当地时间凌晨两点……"

宋妍故意笑道:"会不会是他外出感受北欧风情的小酒馆?"

"他平日作息规律,决计不会深夜外出……他告诉我是有位旧友知道他来了瑞典,约他一见。"

"这有什么异常的?"唐安插口问。

徐晓皱眉道:"你们有所不知,高总极少深夜会友;而且,他睡眠一直有些问题,过了睡点,就很难入睡。第二天我检查智能助理的作息数据时,发现他凌晨两点才返回,而他的健康数据显示,他那天晚上也没有入睡。"

"您知道那位旧友是谁吗?"

045

徐晓道："不知道。高总不开口的事，别人不能问……这大概也是他钟意人工智能的原因之一吧。"

宋妍准备迂回一下，问："高智斌是你们集团的总裁，听说还是艾尔集团的创始人？"

徐晓道："对。"

"您觉得他这个人怎么样？"

徐晓坐直了身子，这个问题显然让她觉得非常慎重。

"高总……怎么说呢，"徐晓努力开始寻找词汇，"伟大！有情怀！"

宋妍微微一笑："这么高的评价啊。"

"是的，集团上下都很爱戴他。他带领艾尔集团在世界智能领域都站住了一席之地，这不值得我们爱戴吗？"

宋妍道："有人不爱戴他吗？"

徐晓道："我知道你想问什么，高总平时在集团里，没有树敌。"

"一个敌人都没有？"

徐晓想了片刻："没有，一个不喜欢他的人都没有！"

宋妍道："那马铁呢？"

徐晓显然还不知道马铁已经落网，她歪着脑袋："马总工好像不怎么爱说话，可是他追随高总创业……马总工已经很多天没来上班了。"

徐晓突然警觉起来："马总工不会跟刘强强总监的死有关系吧？"

宋妍敏锐地捕捉到了徐晓的情绪变化，问道："为什么这样问，我们聊的是高智斌的事故，而不是刘强强案件啊。"

徐晓道："马总工除了技术项目以外，不会参与高总安全的任何工作，您突然问到马总工，我自然联想到的是……"

"自然联想到的是刘强强被杀一案，对吗？"

"对。"

宋妍追问："您何以这么自信，马铁就和高智斌的事故没有关系呢？"

徐晓语塞："我……"

"这个案件属于刑事案件，正在办理过程中，适当时候，我们会向外界公布的。"宋妍继续缓缓道，"高智斌在商业上，有没有对手呢？"

徐晓想了一阵，说道："'蓝地智能'！"

"蓝地智能？"

"对。"

唐安道："我听过。Land（大地），音译过来就是蓝地。"

宋妍道："光听名字，和艾尔的 Air（空气），真是旗鼓相当。"

徐晓脸色变了一变，道："这可不是旗鼓相当，用高总的话来说，这是他的'毕生之敌'！"

唐安道："'毕生之敌'是什么意思？"

徐晓道："高总和蓝地集团的总裁欧阳宇互掐，已经是业内不公开的秘密了，两人一直是竞争关系。"

"良性竞争？"

"不，也有恶性竞争。"

"比如？"

"我不能说……"徐晓有点紧张。

唐安道："高智斌的事故，可能不是交通事故。我们需要你配合。"

徐晓沉吟了半晌，一字字道："双方互相使用黑客技术攻击对方，每年都会有很多次斗法……"

"连《网络信息安全管理法例》的基本原则都不遵守了吗？"宋妍淡淡道。

徐晓道："这些恶性竞争都是见不得光的。只要攻击成功，能给对方造成千万级体量的经济损失。如果说有人敌视高总，那最大可能就是——"

"你怀疑欧阳宇？"宋妍盯着徐晓那千娇百媚的眼睛，仿佛要看穿

047

她的心。

徐晓面无表情:"对,我怀疑他。他有足够的动机。"

唐安记下了欧阳宇的名字,抬头说道:"我可以'参观'一下高总的办公室吗?"

徐晓道:"高总的办公室有智能锁,如果不是他自己的动脉检测通过进入,就只能通过技术部强行开锁,我需要一些手续。"

"高总出事后,这两天他的办公室没人进入过?"

"绝对没有。"

"强行开锁需要多长时间?"

徐晓看了看表,笑道:"老同学,需要一顿午饭的时间。"

不知不觉,三人谈话到了饭点,徐晓提议就在艾尔集团的员工餐厅就餐。

"不了,"宋妍直接拒绝她,"喊外送吧,我们就在这儿吃,高总的办公室打开后,我们能看到。"

徐晓道:"好,我让餐厅送上来,吃什么?"

就在这时,一个半人高的机器人缓缓移动进了办公室,机器人圆圆的头部有两根可爱的天线。

"你们好,我是今天的值日生,福康安,你可以叫我'阿福'。"

"阿福,为贵宾点餐。"

阿福滑动到了唐安面前:"贵宾,握个手吧。"

唐安看着这人工智能挺可爱,他伸出手,只觉阿福的手臂传来一股热流。

"您的口味偏好是麻辣。"

唐安和宋妍一惊:"你怎么知道?"

阿福一字一顿道:"基于大数据运算,您身体的健康数据可以反映长期的饮食习惯。"

"天,艾尔集团的智能设备已经达到这种地步了吗?"唐安对高智斌更加佩服。

徐晓微笑道:"这实在是人力无法和人工智能媲美的地方。阿福,你推荐一款菜吧。"

阿福的腹部屏幕上显示出一款"烤鱼餐",同时慢慢说道:"根据数据掌握,喜好麻辣的地域,分为四川、重庆、湖南等,这道菜是今天餐厅重庆师傅准备的'麻辣诱惑'。"

宋妍问:"'麻辣诱惑'除了'麻辣',还有什么?"

阿福突然像短了路,两支天线闪动:"还有'诱惑'。"

唐安开心地笑了起来:"徐晓,这也是人力无法和人工智能相提并论的地方。"

三人点完餐后,徐晓便起身去通知技术部来处理高智斌办公室的智能锁。

就在徐晓要走出小会议室门外时,宋妍突然问道:"徐秘书,我可以再问一个问题吗?"

徐晓转过头来,脸色神情依然平淡。

宋妍看着她,若无其事地问道:"高智斌死了,刘强强死了,马铁不见了……我是说,为什么整个艾尔集团总部,没有半点伤感的氛围?"

徐晓揽了一下额前的头发,盯着宋妍,她的眼神突然变得像机器人一样空洞,她一字一顿道:"在艾尔集团里,每个活人,都不如机器,少了谁,都没影响。"

7 毕生之敌

智慧城的东边，一座弧形建筑物像巨大帆船一样迎着整个城市发展的浪潮。帆船的风帆之侧，几个充满科技感的蓝色底光隶书汉字显得特别显眼：

蓝地智能。

帆船的最顶层是一个宽阔的停机坪。一架小型私人飞机缓缓停落在停机坪上。

飞机舷梯接驳，舱门打开，一个中年男子走了下来。这名中年男子紧装劲履，身穿军绿色飞行服，戴着硕大的飞行眼镜，高高的皮靴，向后梳得整整齐齐的大背头显得格外精神。

他尚未从舷梯上下来，停机坪上已经有两列人马等候。

他就喜欢这气派和阵势，他和高智斌简直是水火不容。高智斌喜欢独来独往，他喜欢言出法随，呼者甚众；高智斌认为人工智能终将代替人力，数据运算终将替代人脑，他却认为这纯粹瞎扯，再智能的机器，都只能被人类奴役和驱使，怎么可能代替人类？高智斌温文尔雅，谋定而动，他则性烈如火，寻求刺激与挑战。

二人谁也不买谁的账，彼此互掐，时常打得天昏地暗，可是二人又是如此相似，二人智慧相当，成就也相当。熟悉"智慧城"势力格局的人，都会发出这样的感慨：上帝怎么就创造了这样的两个人，真是"既生瑜，何生亮"！

这男子正是高智斌的毕生之敌，欧阳宇。

欧阳宇今天飞得很尽兴，如果不是卫星电话把他紧急叫了回来，他肯定要划破云层，直冲北极上空。

他悻悻地解下飞行手套，回头向西望去，远处"艾尔集团"的LOGO和他遥相对望，只不过今日看着高智斌的"艾尔帝国"，却有一种日暮西山、风雨欲来城欲摧的感觉。

"历史会证明我才是对的。"欧阳宇嘴角露出一个桀骜的笑，"要是全世界都用智能来操作了，那有啥意思？就说这驾驶飞机的乐趣，要是都给了人工智能操作，我玩个什么劲儿！"

"老大。"左列当先一名瘦高男子迎了上去。

这名男子是欧阳宇的心腹，名叫赵虎。欧阳宇在第一次见到他的时候，便揶揄他："赵虎？'张龙赵虎，王朝马汉'的那个'赵虎'？这不是打手吗，怎么跑智能市场里来了？"

赵虎和欧阳宇是同乡，实际上比欧阳宇入行更早。当年欧阳宇凭借独家技术入驻"智慧城"的时候，赵虎已经是"智慧城"的一号人物了，后来二人在科技研发的赛道上竞争，赵虎落了下风。

欧阳宇手段狠辣，组织了一个具有杀伤力的团队私底下攻击赵虎公司的智能产品，在技术上碾压赵虎，并且提出条件希望能收购赵虎的公司。当然他打的不是赵虎公司的主意，一个高新企业，已经达到了比别人更高的水准，却收购比自己差的技术公司，有什么意义？

有人说，欧阳宇当时就在部署一盘大棋。当时赵虎的"虎力股份"主要业务是做大数据库的建立和维护，经过多年运营，早就暗地里搜集了许多民间数据。这些数据见不得光，被赵虎保存在一个重要的数据库里。玩智能产业的，都知道，谁掌握了尽可能多的大数据，就能拔得头筹。别的不说，光说开发智能机器人这一项，也一定是在占有成千上万"人类行为数据"的基础之上，才能进行"模拟设计"，把这些"人类行为数据"

注入机器智能，使之"拟人"。

当然，搜集大数据还不光是智能研发，它的玩法很多，比如这些年欧阳宇搜集的世界各国地下钱庄的账户数据，就通过倒卖，获利颇丰。某些官员的离岸账户，中东石油大亨的资金往来，国家与私人军火武装的交易往来……这些账户数据，往往比这些账户上趴着多少钱本身，更有价值。

明里暗里搜集到的大数据，至于怎么用，那就仁者见仁，智者见智了。欧阳宇说了，大数据分析，实际也就是全民监控。

欧阳宇经常教育手下，现在是物联网时代了，只要掌握了大数据，就可以分析一切，计算一切！等到这个世界普及人工智能的时候，也可以攻击一切，比如无人汽车、无人飞机、无人车间……所有人工智能都是以数据为计算基础，只要你使用数据计算，理论上就可能被掌握更多数据算法的人远程攻击。

据坊间传闻，当年欧阳宇在商战中直接把赵虎的公司打趴下。赵虎也不是省油的灯，他宁肯公司毁掉目前的核心技术，也不愿意被吞并。当年的欧阳宇比现在霸道多了，他直接在股市上操纵资金，对赵虎的公司进行二级市场吸股。几番折腾，赵虎的公司控制权旁落，不久便被欧阳宇吞并。

按说赵虎对欧阳宇应该恨得牙痒痒，可是欧阳宇却将赵虎收作了亲信，这让很多人不解。

欧阳宇自己也说，如果你连自己的敌人都不能征服，你怎么征服未来的智能世界？也有人问过欧阳宇，你就不怕赵虎在你公司里搞破坏？答案是：不怕。在这个行业里，如果不保持一种时刻奋进的心，就会很快被淘汰掉，把赵虎留在身边，一则是彰显自己的心胸，二则就是时刻提醒自己，旁边还有一只睡虎，你自个儿可别睡太沉！

有一次，欧阳宇和高智斌在某次论坛的茶歇时间，二人交谈起来。欧阳宇和高智斌二人虽然斗得头破血流，可是毕竟当着海港城各级领导的面，二人仍然不愿意把脸撕破，这样对自己都不好，所以经常会看见二人在某些场合畅谈合作，随后又分别在各种媒体上含沙射影，攻击对方的企业风格。

那天高智斌问出了一个非常难缠的问题，他对欧阳宇的公司人事结构非常不解，尤其是关于赵虎和欧阳宇的关系。欧阳宇笑了，给高智斌讲了一个故事："你看过古龙先生写的《小李飞刀》吧？"

高智斌说："看过。"

欧阳宇道："里面有一个人物叫上官金虹。"

"对，是一个心狠手辣的人物。"高智斌念书的时候就读过这本小说。

欧阳宇道："上官金虹身边有一个杀人机器，叫荆无命。"

"那又怎么样？"

"很多人理解的是上官金虹把荆无命当作了杀人的工具，可是我的理解却不是这样。荆无命实际上一直向上官金虹隐瞒了自己武功的秘密，作为秘密武器。他为什么要向上官金虹隐瞒？故事里有人说他是害怕自己有一天不再被上官金虹器重。上官金虹这样的人，难道不知道荆无命对自己有所隐瞒？他既然隐瞒了秘密杀招，自然这杀招就不是为了替上官金虹杀别人而隐瞒的。他隐瞒秘密武器，实际上有对付上官金虹的可能性。上官金虹既然知道，为什么还要留他在身边？"

高智斌喝了一口茶，他确实无法搞懂这个问题。

欧阳宇露出标志性的桀骜笑容，一字字道："如果不是时刻想着荆无命会要杀他，他怎么能每天都保持进步？只要自己足够强大，荆无命自然会听从自己。杀不了自己，就必须听命于自己，这样的道理，荆无命自然是知道的！"

赵虎也是这样。

从人心的角度来说，高智斌根本就懒得去信任任何人，也懒得去琢磨什么收买人心，更别说去玩弄人心权术，太累。要搞人工智能，就好好搞智能研发，别把自己当个红顶商人一样，一会儿"厚黑""心学"，还一会儿"上官金虹""荆无命",留着赵虎在身边,搞得自己跟奸相曹操一样。

高智斌听完,微微一笑:"可是,上官金虹和荆无命最终还是败在了专心专注的小李飞刀手上。"

高智斌心中默默念了一句:"白痴。"

赵虎此刻像个仆人一样,满脸的忠君之色。他凑上来,准备给欧阳宇报告一个重磅消息。

欧阳宇已经料到他要说什么,他挥手制止了他,当着这么多下属的面,有些事不好说。

欧阳宇轻轻拍了拍赵虎的肩膀:"我飞到瑞典转了一圈,买了不错的红酒,来我办公室品尝一下。"

这个细微的举动,无疑是告诉所有下属,赵虎是自己的亲信,可不是自己的仆人!按照股份比例,赵虎可是蓝地集团排名第三的股东!

收人要收心,欧阳宇实在比冷冰冰的高智斌强多了,甚至比心狠手辣的上官金虹也强多了。

欧阳宇的办公室里摆满了各种昂贵的酒具,他亲自给赵虎倒了一杯红酒,红酒杯摇晃,挂杯效果极佳,用北欧的冰雪封存,入口有凛冽的味道。

赵虎却不敢当着欧阳宇的面饮酒,他端着酒杯,唯唯诺诺,等着欧阳宇把杯中的红酒喝完。

欧阳宇终于开口问:"进展如何?"

赵虎脸色极其沉重,他说了三个字:"失手了。"

办公室里寂静了好一阵,二人都没说话。

欧阳宇咕噜咕噜地又喝了一杯。赵虎这才补了一句:"要不要做了'他'?"

欧阳宇面色也变了,这瓶瑞典买来的红酒怎么这么难喝!

8 危机倒计时

当唐安和宋妍在徐晓带领下，参观高智斌办公室的时候，黄以民正领着李大勋教授和一帮专家，想办法解开艾尔汽车的"黑匣子"。

"黑匣子"的密码确实很复杂，李大勋教授领衔出手，一时都没有解开。

有专家提出要不然就暴力破解，黄以民当众就否定了这个方案，若是暴力破解，万一里面的视频、音频数据也损坏了，怎么办？高智斌是"智慧城"的大人物，现在媒体全盯着这个事儿，艾尔集团的股价已经跌了两天了，如果不尽快查清真相，后续会出什么乱子，还未可知。暴力破解，风险太大。

李大勋教授有了主意，要不然就尝试撞开密码，不过撞开密码却需要时间。

黄以民正要请示袁响局长，突然他的专网电话响了。

电话那头是局长办公室："黄支队，局长让你听一个电话。"

黄以民有些丈二和尚摸不清头脑："局长让我听……一个电话？"到底是局长让我接他的电话，还是局长让我听一个电话记录？

局长办公室那头的工作人员把电话听筒凑近袁响局长的手机，袁局长的手机正开着免提，接通一个未知号码的电话。

黄以民内心咯噔一下，突然有了不好的预感。原来是有人把电话打到了袁局长那里，估计这电话是找自己的，或者涉及自己的业务范畴，所以袁局长干脆电话也不挂了，直接让秘书用座机拨通了自己的电话，隔着一个座机，听听对方说什么。

只听电话里传来沙沙的电流声，随即这个电流声平息下来。电话那头一字一字说道："袁局长，我要高智斌的腕表。如果我不能拿到这只腕表，智慧城将毁灭。"

什么腕表？

黄以民内心剧震，他立马反应过来：这不是人的声音，这是一段智能语音！

"袁局长，我要高智斌的腕表。如果我不能拿到这只腕表，智慧城将毁灭……袁局长，我要高智斌的腕表。如果我不能拿到这只腕表，智慧城将毁灭。"

语音又重复了两遍。

袁响局长让秘书把电话给黄以民听，自然是自己已经听了一遍了。

秘书拿开了袁局长的手机，袁响提起了电话："以民，你怎么看？"

黄以民第一反应是认为这通语音是骚扰电话，现在的科技，通过智能设备拨打电话，根本不是什么稀奇事。

可是这则电话怎么就直接点名道姓地拨打到了海港城副市长、公安局局长袁响的私人手机上？

黄以民不敢掉以轻心，这不像是个恶作剧。

黄以民道："袁局，您有记录下这段语音吗？"

袁响道："记录了。"

黄以民道："您把这段语音和来电号码都发给我吧，我来核查一下。"

"好。"袁响又问，"专家会诊，什么时候能有结果？"

"很快。"

"那去艾尔集团外调了解情况呢？"袁响局长揉着自己的太阳穴，他今天不知道怎么回事，有些心神不宁。

黄以民道:"已经派出了两位得力干警过去。"

"是不是金在宇他们大队里汇报马铁案件的那个……什么名字来着?"

"是,领导,他叫唐安。"黄以民不忘给自己的手下一个给领导加深印象的机会。唐安不光是他的手下,还是他同一学院的小师弟,小子又能干,于公于私都要关照。

不料袁响有些不悦:"干数侦的警员,去做走访外调工作?"

黄以民忙道:"蒋政和金在宇他们手上人手排不开,况且,唐安和宋妍两人警龄已不浅,这些基本外调工作,应付起来绰绰有余。"

袁响在电话那头呼了一口气:"你安排好工作节奏吧,蒋政和金在宇他们干什么去了?"

黄以民答:"去复勘高智斌车辆燃烧现场。"

"嗯。"

黄以民道:"我们根据大数据对高智斌事发时的状态进行了深度刻画。高智斌从瑞典回来时,基站通讯信号曾显示他持有两部手机和一部智能通讯腕表。两部手机在燃烧残骸里一一找到,唯独少了一只腕表。"

"腕表?"

黄以民背心一寒,那段阴森森的智能语音在耳边响起:"袁局长,我要高智斌的腕表。如果我不能拿到这只腕表,智慧城将毁灭。"

一股不祥预感猛地涌上了袁响和黄以民的心头。这段语音不是胡说,也不是骚扰,它说得很真切,它提到了警方在第一次勘查的时候没有发现的重要线索——消失的腕表!

黄以民猛地抬头,窗外远远可望的是,代表着"智慧城"的地标建筑,高耸云天的摩天大楼——"智能大厦"。

智慧城毁灭?这是在吓谁!

一块巨大的腕表模型挂在高智斌的办公室,出现在唐安和宋妍的面前。高智斌的办公室,完完全全出乎唐安的想象。原本以为这样的科技狂

057

人，会是在办公室里布置满一切科幻元素的设备。

可是，当一个挂满各式老旧手表的落地玻璃柜正面出现在二人面前的时候，他们才真的惊呼，原来高智斌还有一颗如此怀旧的心。

高智斌的办公室不大，但是背靠着巨大的落地玻璃，拉开窗帘，可以居高临下俯瞰整个"智慧城"。他的办公桌上摆满了书籍，却没有电脑。

没有电脑？宋妍感觉有些奇怪。

徐晓解释说："高总已经不需要电脑。这间办公室的墙里，内嵌有许多智能助手。这些助手通过各种方式与高总互动，甚至通过智能穿戴设备，读取高总的思维。夸张点说，只需要高总心里想着什么事，就能很快地处理，通过智能助手，传达到艾尔集团的每个角落。"

除去巨大的落地玻璃，办公室的三面墙都挂满了高智斌喜好的各种名牌手表。

唐安发现了一个问题："奇怪，为什么每块手表的时间指针都是一样的？"

徐晓笑道："这个我就不知道了。"

唐安又走到左边那面挂着巨大腕表模型的墙面前。

这个巨大的腕表足有一人高，其形状和时下流行的那种简洁、高贵的机械手表不同，也和苹果公司的 watch me 智能手表不同。

它造型非常浮夸。"嗯……有些像科幻电影里的多功能手表。"唐安看着这个巨大的模型。

徐晓道："这是高总自己设计的外观，叫外星战士。"

唐安问："这块巨大的腕表，里面应该有嵌入艾尔集团的智能助理吧？"

徐晓道："当然。"

徐晓话音刚落，只见这块腕表的屏幕亮起了蓝光。

"警告！警告！"腕表的智能语音发出急切、尖锐的女声。

唐安和宋妍面面相觑，徐晓道："别紧张，可能是技术部强行打开办公室门锁造成的。"

徐晓伸手便要关掉腕表的电源，腕表的智能语音突然变得低沉，原本的女声变成了男声，它一字字地吐出五个字，把三人惊呆当场。

"你们都要死。"

这五个字刚刚出口，唐安只觉脚下的地板开始轰鸣滚动，如火山即将喷发。

那低沉的智能男声继续道："智能大厦的出入口已经全部锁闭。智能大厦的出入口已经全部锁闭……全部锁闭。"

"锁闭？什么意思？我们被人工智能绑架了？"宋妍惊觉不妙。

"轰——"三人只听一声巨响！几乎要将耳膜撕裂。

三人只觉天崩地裂，所有摆放着手表的玻璃橱窗全部震碎，所有的玻璃碎片像是定格的慢镜头一样，飞溅散碎在空中。

不知道从哪儿急速扩散而来的冲击波，把徐晓掀了开去。

"不好！"唐安扑了过去，把宋妍按倒在地。

紧接着，一声轰鸣、两声轰鸣、三声轰鸣……此起彼伏的火警声、玻璃爆碎声、崩塌声、呼救声混成了一片。

唐安和宋妍在昏迷之前的最后一眼对望，彼此都看出了对方的惊恐：摩天大楼爆炸了？

黄以民拿着话筒，感觉到了轰鸣和震动，他的窗外，是摩天大楼高处楼层起火的画面。这种画面，他过去只在电影里看见过。

黄以民不知道的是，一场罕见的大数据杀局开始了。

就在现实中。

摩天大楼里的任何人都不能离开。

那个阴森森的智能语音再次响起："我要高智斌的腕表。如果我不能拿到这只腕表，智慧城将毁灭。"

9 营救

爆炸发生后的一个多小时,警车鸣笛声、救护车鸣笛声、消防车鸣笛声在智慧城的上空此起彼伏。

智慧城的摩天大楼——智能大厦地面共有101层,其造型远比海港城对面的宝岛101大楼更为壮观,外墙的玻璃窗户处处透着科幻感,在阳光下反射着一种特别醉人的迷蓝之色,像是蓝色宝石浸润在了海水里。

浓烟从第99层的窗户散发而出,一种末日画面的冲击力把所有人都惊呆了。一般来说,摩天大楼的外墙玻璃一定会经过特殊处理,防止突发情况掉落。而智能大厦的外墙更是采用了先进的电子加固锁,即便是摩天大厦突然整体崩塌,也一定能最大程度地产生磁场吸力,控制住外墙玻璃不和主体分离。

当一块摇摇欲坠的窗户玻璃从99层燃烧楼层坠落的时候,落体速度加上玻璃自身的重量,形成了一种巨大的杀伤力。这种杀伤力,像一枚导弹。要知道,在高空坠物,一枚鸡蛋就可以轻易把人的头盖骨击穿,更别说在剧烈爆炸之下冲击掉落的一块巨型玻璃。

黄以民等人站在袁响局长的身后,指挥中心大屏幕上,显示着整个灾难的画面。

"智能电子加固锁失效了?还是有人故意关掉了它?"黄以民惊恐道。

袁响脸上的肌肉都在抽动，所有人只能眼睁睁看着这一枚巨大的玻璃块成为造成二次伤害的凶器。

"快！疏散！"

玻璃砸落在智能大厦底层商业中心的平台外延部分，造成了巨大的二次伤害，隔着屏幕都能听到惊恐的尖叫。

应急指挥中心的负责人表情凝重，语调快速地向袁响作报告："据掌握，智能大厦今日共有5467人。爆炸发生后，智能大厦的应急系统自动切断了99层以下的通道，对火情进行了隔离。特警和消防部门已经抵达现场，包含5驾救援直升机、21台救援智能机器人在内的'智能化救援部队'也全部投入了工作。"

袁响局长问："智能大厦和警方的智能接口启动了吗？"

"已启动！我们第一时间接入了智能大厦的应急智能系统，所有应急机制都已经启动。负责每一楼层的'人工智能'快速计算所在楼层的人数，调度外置应急电梯，并第一时间和警方联系，配合警方援救方案，包括和警方的直升机对接，在相应高度打开应急出口，自动架设高空救援梯或者绳索等，绝大部分人员已经得到疏散。"

"绝大部分人员？"袁响眉毛一抬。

"根据现场情况，直升机进行了热感检测，目前在第99层楼上有三名被困人员静止不动，疑似受爆炸直接影响昏迷。"

负责人继续道："96层之上，一直到101层楼顶，都是艾尔集团的产业。这共计6层楼里，目前检测到尚有12名幸存者。艾尔集团的这共计6层楼里，锁闭了所有门禁，楼层自身智能系统也被切断，由于高度过高，目前营救难度很大。"

仅仅一个小时出头，海港城警方从智能大厦里疏散了5000余人！这反应速度和应急处置能力，除了过硬的专业队伍外，自然还倚仗了先进的智能设备，海港城警方的战斗力堪称国内典范。

但这样的处理结果，显然并没有令袁响局长满意。

"99层是艾尔集团的总部,高智斌的办公室就在那里。"黄以民补充道。

孔秀哲问:"今天派出去外调的两位同志,是不是也在那里?"

应急指挥中心负责人答:"直升机搭载的智能热感检测器正在透过玻璃,采集昏迷者的体格、面部比例,大数据库里的分析比对正在进行中,结果应该很快……"

"哦,结果已经出来了!99层被困人员是警员唐安和宋妍,另外一名昏迷者应该叫做徐晓,是高智斌的秘书。"

"也就是说从96层以上,艾尔集团的出入通道全部被锁闭了?"孔秀哲问道。

"对。"

"偌大的艾尔集团只有12人?"孔秀哲奇道。

应急指挥中心负责人道:"艾尔集团是一家以人工智能为主的公司,人力很少,其余都是机器人,准确地说,除去我们的两名同志,艾尔集团总部96层到101层的6层楼里,只有10名艾尔集团总部的管理人员。"

智能大厦里的工作单元,以人工智能居多,人类数量不多,这可是这次突发事件的万幸。智能大厦本身的设计就充满科技力量,当发生突发事件,自身就能启动应急方案,比如锁闭起火楼层的通道防止火情蔓延,同时启动自动灭火装置进行定点灭火;启动外墙磁力电子锁,把外墙和玻璃全部罩住,防止高坠伤害;打开全部逃生通道,智能系统会快速判断和指引人员如何最快逃生……

智能大厦本身的高智能设备加上警方高超的营救能力,却对艾尔集团共6层楼里的12名受困者束手无策,这不是打了全"智慧城"的脸吗!

应急指挥中心负责人又补充了一句:"我们正在想办法营救。"

袁响脸都气白了,指着屏幕上被巨块玻璃砸出的灾难现场:"全力营救,生命第一!"

"黄以民!孔秀哲!你找到对方了吗?"袁响愤怒地拍桌子,"马上准备车，我要去现场！"

既然有事前电话打进来发出恐怖威胁，这多半就不是意外事件。按照海港市公安系统的反应速度和处置经验，对待这类高端犯罪，已经不是一次两次了。首先要做的，就是溯源。找到发出恐怖威胁的源头，这样可以尽可能地扩大线索，锁定嫌疑人。

海港城警队是一支拥有多警种、高智能的作战队伍，敢正面与警队袁响叫嚣的，这还是第一次！

黄以民道："那个号码是一个虚拟号，对方是一台人工智能。"

"人工智能也有网络地址！"袁响局长也是业务尖子出身，可不是好糊弄的。

"现在我们已经在全力查找它的位置。"

袁响看着孔秀哲："你呢？"

孔秀哲立正，正色道："那只腕表，已经找到了！"

"这是一只什么腕表？"

孔秀哲道："回局长，这只腕表是艾尔集团自己设计的一款智能穿戴设备，除了常用的智能手表具有的功能外，还具有操纵人工智能的程序设计。"

袁响问："在哪儿找到的？"

孔秀哲道："离车辆不远处。"

"你是刑警支队长，回答我现场可疑之处！"

孔秀哲站得笔直，朗声道："这只腕表保持完好，没有被烧坏，而高智斌的其他智能设备，如手机等都被车辆燃烧烧坏。找到腕表的现场坐标，没有在车内。"

袁响缓缓问道："结论呢？"

孔秀哲道："当时车上只有高智斌一人，说明这只腕表是高智斌自己扔出来的！高智斌临死前要保护这只腕表。"

袁响正要继续说话，秘书上前耳语两句："省委常委、海港城市委

063

书记顾兴东接到报告后,已经急急忙忙奔赴现场去了。"

　　秘书又道:"车辆已经备好。"

　　袁响作为海港城的警队主官,必须在书记抵达现场之前亲临指挥,疏散工作已近尾声了,现在还有一项人质解救工作,这同样也大意不得。

　　"秀哲你跟我走。另外,让人把腕表直接送到黄以民那里,李大勋教授他们都还在他队里,让专家把'黑匣子'先放一放,先看看这只腕表,到底是个什么宝物!"袁响一边往外面走,一边安排工作。

　　蓦地,袁响的私人电话响了起来。

　　袁响接起电话,电话那头低沉、机械的人工智能语音:"袁局长,我知道您找到腕表了。"

　　袁响呆立当场,他猛地抬头,也不开口,内心一阵江海翻腾,他看着孔秀哲:搞什么鬼,你的人刚刚找到,对方就知道了!

10 安全屋

唐安是被刺鼻的烟味呛醒的,脑袋一度昏沉。他用力摇了摇脑袋,努力睁开眼皮,看见宋妍一脸灰尘,双目紧闭。

唐安先是内心一紧,用手探了探宋妍的鼻息,随即心下大宽。他又看徐晓,徐晓已经逐渐清醒过来。唐安在学校学过紧急复苏,便去检查宋妍伤势,一面施展基础急救。

他余光所及,心中暗叫不妙:高智斌办公室的门禁已经锁上;四面透明的防弹防爆玻璃,从天花板落下,牢牢插入地板,形成"井"字玻璃房,将他们隔离起来;玻璃房外的自动灭火装置正在卖力工作,火势基本上得到控制,各种令人窒息的气体却在逐渐充斥整个楼层。

他从玻璃隔间看出去,高智斌办公室已经被爆炸的冲击波震得乱七八糟。透过高智斌办公室外面的玻璃门看出去,艾尔集团总部办公楼里也是一片狼藉,爆炸的冲击波造成了摧枯拉朽般的杀伤力。

他旋即醒悟,这四面强化玻璃是高智斌办公室设置的智能保护装置,突然而来的爆破,激活了高智斌办公室的保护装置。如果不是这四面强化玻璃从天而降,将他们隔离起来,恐怕他早就被后续接二连三的冲击波震得五脏六腑碎裂了。

唐安遭逢巨变,心中强自镇定,这防爆玻璃隔间无论如何是安全的,可是,这玻璃隔间外面已经层层锁闭,自己该如何脱身?还有,刚才那莫

065

名其妙的人工智能是怎么回事？这大活人还能被人工智能绑架？

唐安胳膊疼得厉害，他掐了掐宋妍的人中，宋妍逐渐醒转过来。

一旁先行醒转的徐晓大惊："这是怎么回事？"

唐安镇定道："我们好像被一个人工智能绑架了。"

"不可能！艾尔集团的人工智能都是预设好了所有的行为模式的。"徐晓更加惊慌。

宋妍撑着沉重的脑袋："可是这爆炸总不是假的吧。"

唐安道："先不管是不是人工智能出了故障，我们现在必须马上出去。"唐安掏出手机，准备向队里报告目前的状况。"嗯？"手机没有信号，周围有屏蔽器？

唐安倒是镇定得很，他知道这个隔离间既然能应激触发，自然也能进行操作，把它打开。现在爆炸已经平息，火势逐渐被自动灭火装置控制。唐安环顾身周，这个隔离间的四面玻璃中，向北一面的玻璃顶端与天花板交接之处，留有一个气口。

"这是怎么回事？"宋妍看着面前的防爆玻璃。

徐晓缓缓说道："高总的这个智能保护装置，是在遇到猛烈攻击的时候，弹出四面防爆玻璃，将主人保护在隔间里面，就像是汽车的安全气囊一般。"

"高智斌在自己办公室设置了这样的装置？"唐安问。

徐晓道："是的。"

宋妍问："可是你说过，高智斌并没有太多仇敌？"

徐晓突然大声道："并不是说怀疑有人要杀高总，高总才设置这样的保护装置，难道每台汽车上装备安全气囊是每个驾驶人都知道自己要出交通事故吗？"

徐晓冲宋妍发火，她的心情糟透了。艾尔集团里接二连三发生的奇怪事件，真的让她有些窝火。她追随高智斌多年，深知艾尔集团的许多内幕，这些事情，一定是有人在搞鬼。

当然，这些年来，有人对艾尔集团搞鬼也不是一次两次了，但是每次高总总是能带领她化解一切危机，痛击对手，取得竞争的胜利。她把高智斌当做自己的神，这些天她总是在想，高总不会真的出了事故，高总是不是躲到哪个秘密基地，去实验他的新智能研发了。这种情况，以前也有过。可是，这一次，在高总办公室发生这样的恶性事件，狠狠地摇醒了她的梦——高智斌甚至是艾尔集团，一定是遇上大麻烦了。

徐晓突然大哭起来，全然没有了职场女精英的气势。她哭了两声，突然像是吸入了什么气体，大声咳嗽起来。

"不妙，别哭了，现在不是吵闹的时候！我们现在并没有处于安全环境。"唐安指着天花板上的气口。

宋妍随即会意：这个气口固然能对隔离间进行换气，但外面因为燃烧而生成的窒息气体正从这个气口灌入。

宋妍道："这个隔离间无论如何不是久留之地！"

徐晓在地上摸索，她摸到地毯的最中心处，掀起地毯，原来此处地板是一个活动格。只见她将手印按在地板活动格上，那格子蓝光莹莹，发出悦耳的声音，地板下一个悦耳的女声说道："用户验证成功……您是要撤除安全屋吗？"

徐晓清了清嗓子："拜托了，'珊瑚'。"

这间屋子的人工智能秘书名叫"珊瑚"。

"好的，正在解……"

蓦地，"珊瑚"的语音突然中断，格子里传来沙沙的电流声，接着一个沙哑、低沉的男声响起："原来这个地方还有漏网之鱼，藏有'备用智能'。"

三人俱是一惊，这声音再熟悉不过，就在爆炸之前，这个奇怪的智能语音向三人发出过威胁警告。

又是它！

"你是谁？"徐晓大喊，她像触电一样，伸回了手，活动格里的蓝光随即熄灭，面前的"备用智能"随即关闭。

可是，这可怕的智能语音却没有因此而打住，反而从四面八方的墙面里传来："徐秘书您好，我叫'贝壳'，是艾尔总部的智能总管。"这间屋子四面墙里都嵌有智能系统。

阴森森的环绕声，让三人不寒而栗。徐晓大声道："你不是！"

"贝壳"道："之前不是，现在是了。"

徐晓似乎还没有习惯这个机器智能的语言风格，她问道："你现在也不是！只有高总授权的智能系统，才能接入艾尔集团总部！"

"你不信吗？""贝壳"沉吟了半晌道，"那你看看这个。"

玻璃屋外面仿佛是"贝壳"要表演一下自己的能力。只见六个智能机器人列队一排，快速从浓烟中穿出，整整齐齐站在玻璃房面前。

"福康安？"唐安一眼认出其中一个智能机器人，就是刚刚点餐的"阿福"。

六个智能机器人列队在玻璃房面前，异口同声地说："主人。"

这声"主人"自然不是喊徐晓、唐安、宋妍。

"贝壳"又道："你再看看会议室门口60厘米处的天花板。"

三人极目望去，只见浓烟之中，"贝壳"所指的地方是一个智能灭火装置，正在喷发灭火粉末。

"贝壳"道："好了，不用你工作了。"它话音刚落，智能灭火装置随即停下，缓缓收回了天花板的暗格里。

徐晓一把瘫坐在地下，已经目瞪口呆，竟然有外来智能程序接管了艾尔集团的所有智能系统！

"贝壳"用着沙哑的声音，一字字道："大家好，我是刚刚接管艾尔集团智能系统的智能秘书，我叫'贝壳'。我的主人说过：'大数据时代，一切都可以被攻击，被接管。'"

宋妍直觉背心一阵冷汗，她还是第一次遇到这么诡异的事，现在隔着空气，被一个看不见的"人"绑架了。她不自觉地握了握唐安的胳膊。

唐安反而笑了："你想要我们做什么？直说吧。"

"贝壳"问："你不怕我？"

唐安镇定道："在爆炸之前，你就已经植入并接管了艾尔集团的智能系统。你如果要干掉我们，早就在我们昏迷的时候动手了。"

"人类原来也很聪明。"

"你既然不干掉我们，说明你的指令数据里，有需要我们做的事。人工智能的行为，都是基于数据运算，终究有迹可循。"

"贝壳"道："你也是高手。"

唐安摇头笑道："是不是高手我不知道，只是我平时和人说话很紧张，但是遇上机器，我却很适合交流。"

唐安内心竟然有点新奇感。其实在生活中，他也是个智能设备的爱好者，加上他专业出身，就更对这些科技设备着迷。不过平日里的智能设备，也就是实现普通的"人机交互"，不像这样有真正意义上的"智能"聊天对话，此刻真像科幻电影里的桥段。

宋妍对唐安刮目相看，这个闷葫芦，真是和大活人聊不好天，和机器还聊得煞有介事。

"贝壳"一字字道："好，我需要你找一样东西。"

唐安奇道："为什么是我？"

"贝壳"问："你为什么不问我要你找什么？"

唐安白眼翻得老高："我刚刚已经说过了，人工智能的行为，都是基于数据运算……你既然要找我，自然是因为你的指令里已经设置好了一个条件，这个条件就是'我有可能找得到'。所以，我希望先知道我具备什么样的条件来找这件东西，这样岂非事半功倍。"

"贝壳"沉默了几秒："人类最愚笨的地方，就是自以为自己的智慧能超越'我们'的'指令设定'与'数据运算'。你符合什么样的条件我无可奉告，但是我可以告诉你的是，在我的'指令'里只给了你三个小时时间。"

唐安紧张起来："三个小时后,会怎么样?"

"贝壳"一字字道："三个小时后,这座摩天大楼就会炸毁。"

11 宇宙级

数侦支队的办公楼门口挂着两块牌子，一块是"大数据侦查支队"，一块是"人工智能犯罪特别侦查局"。这是典型的中国特色机构设置——一套班子，两块牌子。

"人工智能犯罪特别侦查局"，简称"AI 特侦局"，又被业内戏称为"神盾局"。看过《复仇者联盟》的人都知道，"神盾局"是一个虚构的机构，用于拯救地球，打击各种超人类的犯罪活动。"神盾局"里有的是超级英雄，比如美国队长、雷神、钢铁侠等。

和西方宣扬的不切实际的超级英雄不同的是，数侦支队里只有如同钢铁洪流的集体主义。

两台警车飞速从大楼里飞驰而出，就在袁响局长接到那个神秘的智能语音电话时，数侦支队已经定位到了那台人工智能的网络地址。

网络地址一经查实，接下来要干什么那还用问？落地查人。

别看这电话是人工智能拨过来的，可是你要给这支队里的人说，是有一个具有独立思想的人工智能自己设计策划了这一场恶性犯罪，恐怕没几个人相信。起码在现阶段，人工智能还不可能完全脱离人类的设计。

也就是说，这一场周密的设计，只能是犯罪嫌疑人把人工智能顶在前面，玩的一场装神弄鬼的把戏罢了。

人工智能的背后，也一定是一个长胳膊长腿的人在操纵！

袁响局长耐着性子听了几遍电话那头的智能语音，听了大概四五遍，他清清嗓子，回了一句："你是谁？"

电话那头的智能语音说："把腕表送到智能大厦。"

袁响局长看了看黄以民，黄以民打出一个OK的手势，已经定位到了。袁响局长挂了电话，居然命令起我来了，管你是人是机器，马上就神兵天降解决你！

袁响局长和刑警支队长孔秀哲等人上了车，赶往智慧城，临走前摇下车窗，向黄以民投以期许和信任的眼光：相信你的队伍，很快能破案。

黄以民从应急指挥中心回来，连水都没喝一口，就直奔实验室。他看看表，两队人手驾车冲向了海港城城西的E街区。这个街区是当前海港城人员聚集最复杂、最混乱的街区，刚刚打给袁响局长的智能语音电话，虽然用了不少的掩护手段，可是数侦支队的猛人都不是吃素的。

目标已经锁定，就在E街区。

李大勋教授曾在黄以民、高智斌等人的课堂上说过："一个人可以伪装声音和指纹，但是没有办法伪装行为，这就是数据，利用数据能看穿一切。网络上的任何访问行为都会留下痕迹。"

大数据时代，哪怕是一只鸟在天上飞过，也一定会留下相应的数据痕迹。

跑不了！

这一点，黄以民有绝对的信心，不管是谁在操纵这台人工智能向警方发出恐怖威胁，十分钟后就能见分晓。

电话线索已经有人跟进，现在还要确定另外一件事的查证。

黄以民刚刚走近实验室，就有下属送来了报告。

"和马铁联系交易的暗网人员找到了吗？"

"暂时还没有。"下属答。

"那这份报告……"黄以民喃喃道，如果没有锁定关键人物，这份案件进展报告恐怕满足不了袁局长提出的"快速破案"的要求。

他接过报告，扫了一眼，快步走向会议室，对下属说："召集各大队开会。"

下属问："几位外聘专家呢？"

"李大勋教授是首席顾问，让他参加就好，其他就不用了。"

很快，会议室里坐满了各路人马。

报告显示得很清楚，虽然与马铁进行暗网交易的人还没有锁定，可是马铁窃取艾尔集团的这个数据包，已经确定是什么东西了。

金在宇汇报道："这个数据包，解开它的安全密钥后，我们发现是一个海量的车辆数据。"

"车辆数据？"会议室里有人发问，"是车辆的设计数据，还是购车数据？"

金在宇道："都有。这份数据包里，包含了近年来艾尔集团搜集的许多车辆设计数据。"

"这些数据是合法取得？"黄以民问。

金在宇道："有的是。"

黄以民道："也就是说，有的不是。"

"对，有的明显是国外汽车巨头尚在专利保护期的数据。"

黄以民道："那购车数据呢？"

金在宇道："购车数据就更有意思了，不光是购买了艾尔智能汽车的用户，还包括各国、各品牌数亿人购车的记录，这数据包里都有。"

黄以民道："这些数据的体量有多大？"

金在宇说了一个非常专业的数字，这个数字意味着高智斌的这个数据包，覆盖了世界各个主要汽车制造国。

会场里一阵安静，黄以民问："大家是不是都在想，高智斌和艾尔集团，研发智能汽车的，搞这些数据干什么？"

会场里诸人均是点头不语。

黄以民道："这些数据如果有非法获取的部分，那么高智斌家大业大，为什么要游走在违法犯罪的边界？他可不是头脑发热的人，他搜集这些数据，自然还有别的用途。而作为一个成功的企业家，这样高风险的投入，一定预期了高额的回报。"

黄以民顿了一顿："找到高智斌的动机，是不是有助于找到犯罪嫌疑人的动机？"

黄以民向老师李大勋教授请教："老师，您认为这些数据，高智斌是用来干什么的？"

李大勋教授道："高智斌和艾尔集团要搜集大数据，或许并不是因为有特殊的动机。本来人工智能和大数据，就是相伴而生的关系。"

李大勋教授是大数据领域的泰斗，此刻他侃侃而谈，正如一场深入浅出，言简意赅的精彩授课。

"大数据的本质是海量的、多维度、多形式的数据。任何人工智能的研发，其实都需要一个'学习'的过程。而现在人工智能之所以能取得突飞猛进的进展，正是因为这些年来大数据的长足发展。正是我们以往难以想象的海量数据和在某一领域的深度数据注入人工智能中，人工智能才得以不断被训练和强化。"

李大勋教授顿了一顿："很多年前，'阿尔法狗'（AlphaGo）打败围棋顶级高手，其原理正是将大数据不断注入人工智能，用不同的数据算法，不断训练人工智能的结果。当时有一个毫不夸张的说法，是说'阿尔法狗'的数据储备里面，注入了亿万级的围棋计算方法。在有限的规则之下，人脑如何能和这样高速进行数据运算的人工智能一较高下？"

别说当今人工智能大行其道的大数据时代了，即便是当年的"阿尔法狗"与人的围棋大战，也引发了巨大的讨论：人工智能这样发展下去，是不是真的会取代人脑？

金在宇叹道："这些年大数据的发展，真的是让人工智能越来越像人了。真的不敢想象，有一天如果某部人工智能掌握了全世界人类的'行为特征数据'，它是不是可以取代人类？"

李大勋教授微笑道："但是有一样，是人工智能永远无法和人脑相比的。"

"哦？是什么？"

李大勋教授道："悟性！"

"悟性？"

"对，'悟性'！所谓'悟性'，就是人的智慧和理解能力，会在某一个时刻，灵光一现，如石破天惊，如禅定开悟，如当头棒喝，如天人合一，超出个人本身所掌握的全部知识，甚至超出个人本身所能实现的全部能力。这是人类智慧里最玄妙的领域，任何大数据的分析和计算，都不可能出现这种'灵光一现'的时刻。"

黄以民对老师投以敬佩的目光，李大勋教授不光是大数据与智能领域的专家，他对"人"的研究，更是融汇了中国传统学问的至上理念。

说到人工智能和大数据的关系，李大勋教授打了一个绝妙的比方："如果我们把人工智能看成一个嗷嗷待哺、拥有无限潜力的婴儿，某一领域专业的、海量的、深度的数据就是喂养这个天才的奶粉。你说说看，研发智能产业的高智斌，他能放过一切可以搜集数据的机会吗？"

金在宇道："可是，有些数据明显是违法获取啊。"

李大勋教授淡淡说道："你看这智慧城，就是网络虚拟世界的一个缩影，有公网，也有暗网，地上是无限光鲜，地下却暗流涌动。马铁在暗网收人钱财，窃取数据包，不就说明，这些见得光和见不得光的数据，都是有市场的吗？"

金在宇道："照这么说，高智斌的主业是研发智能汽车，他需要这些数据就不足为奇，那么马铁要出手这些数据，又是谁最需要这些数据呢？"

李大勋教授道："大数据领域我尚有一些见地，但推理案件，就不是我的专长了……"

黄以民沉吟半晌，问出了一个关键问题："老师，高智斌的水平究竟如何？"

李大勋教授闭上眼睛，微微动容："他是我目前教过的最优秀的学生。"

这个评价太高了。这个评价也太公允了，甚至当着黄以民等人的面，这个评价也不会引起任何反感。

高智斌确实是"智慧城"的骄子。

"我知道你想问什么，"李大勋教授接着道，"你想问的是，以高智斌的水平，到底有谁能攻击他的艾尔汽车，对不对？"

"'黑匣子'是被人从外部接管了智能中枢之后锁上的，这就已经足以说明有人对高智斌的车动了手脚，也就是说有人攻击了他的汽车。"黄以民顿了一顿，道，"艾尔汽车的智能设计可是高智斌的杰作，要锁上它的'黑匣子'，谁具备这样的技术条件？这样的推理，或许有助于对犯罪嫌疑人进行侧写刻画。"

李大勋教授道："艾尔汽车已经烧毁了，在'黑匣子'破解开来之前，根本无法下结论……但是从专业领域的角度，我想提醒大家的是，有能力攻击高智斌的艾尔汽车的人，多半也有可能觊觎他手上的'大数据库'。"

黄以民道："老师，您指的是马铁窃取的数据包？"

"不。"李大勋教授摇头，"我了解高智斌，艾尔汽车不过是他的一个'玩具'，不是吗？"

李大勋教授对黄以民微笑，难道你还没有"灵光一闪、石破天惊、禅定开悟"？

黄以民长吸一口气，他脑中如遭雷轰，道："我也了解他……"

黄以民点了一根烟，道："他对大数据的世界无比痴迷，他的思想不会仅仅停留在通过搜集一些汽车数据，去生产一台智能汽车！这样的天才，决计不会止步于当前对人工智能的研发，换言之，他一定是在追求更高的目标。"

他顿了一顿："他会不断推动人工智能，去替代人类！"

金在宇沉声道:"那他自然需要掌握无限的大数据。"

黄以民道:"马铁窃取的这个数据包,会不会只是高智斌地下数据库的一个部分?"

李大勋教授道:"看看这些汽车数据,都是在智能汽车研发和销售过程中采集。这些数据,有的对艾尔汽车有直接作用,有的没有直接作用。没有直接作用的数据,高智斌也一并握在了手里。他建立大数据库的目的,可不是为了生产一台智能汽车。大数据是'奶粉',人工智能是'婴儿',就像过去人们用大数据算法训练'阿尔法狗'一样,高智斌需要更多的'奶粉',去喂养和训练更聪明的人工智能……"

黄以民只觉自己额头发汗,他拿起面前的平板电脑,调取了艾尔集团的公司数据。他喃喃道:"偌大的艾尔集团,可不是只有生产汽车这个品类,艾尔集团在生物医学、能源电力、金融保险、重工制造,特别是通讯行业,都有深浅不一的控股或者投资。高智斌能搜集汽车业的数据,难道就不能顺手也搜集到这些领域的数据?"

金在宇脑子嗡嗡地响,他想起蒋政之前的一句话:"大数据时代就是全民监控时代!"

金在宇道:"马铁的口供里,能够印证。马铁交代过,暗网那头的买方,许诺了重金,只要是高智斌数据库的数据能搞到,都有酬劳。"

"注意,买方并没有强调是需要'汽车数据',这说明买方并不是一家生产智能汽车并且和艾尔汽车有竞争关系的'汽车企业'。他需要的是艾尔集团的所有数据!"金在宇站了起来,指着大屏幕上的数据包字节数,"马铁交代,他只能接触到高智斌数据库的最外围部分,也就是目前这些'汽车数据'。而高智斌的大数据加载有极其专业的密钥,马铁攻之不破,才顺手带走了'汽车数据'。由于'汽车数据'是刘强强总监管理,马铁和他争执之下,失手杀了他。"

"马铁窃取的这个数据包和他打不开的数据库,体量差别有多大?"黄以民问。

金在宇道:"据马铁原话说:'这是一片海,而打不开的,是一个宇宙。'"

在场诸人都吸了一口凉气,马铁出手的汽车数据已经是一个海洋级的数据,那高智斌及艾尔集团这些年积攒的这个大数据库,里面都有些什么?高智斌到底要干什么?

黄以民缓缓道:"大胆假设,小心求证!我大概猜到高智斌案件的背后原因了。"

"你也具有大悟性啊,"李大勋教授缓缓道,"羚若无角,鹿若无茸,猎人也不会端起猎枪。"

"我怀疑,这是一场'黑吃黑'。"金在宇道。

黄以民道:"现在具有行凶条件的犯罪嫌疑人刻画又近了一步。在智慧城乃至全中国,能吃下高智斌这个'数据宇宙'的人,不多。这样大的数据库,需要尖端设备和维护能力的!"

李大勋教授道:"非但不多,简直少极了。"

黄以民又道:"既能具有吃下一个'数据宇宙'的条件,又能攻击高智斌亲手设计的艾尔汽车智能中枢的,就更少了。"

金在宇道:"这样的人,和高智斌一样,根本就是强盗,仗着智能产业,对一切数据资产都进行掠夺。"

"这人还极其自负,喜好刺激和挑战,攻击高智斌的艾尔汽车之后,又远程锁上了汽车的'黑匣子'。"黄以民说道。

进行模糊匹配的条件已经基本确定,黄以民面前的大数据侦查系统已经开始飞速运转,很快就能匹配出结果。

李大勋教授点头道:"过去有一家'虎力股份',专做大数据库。他的老板叫赵虎,有这个实力,也有这个水平,又是个不讲规矩的人。"

黄以民道:"老师有所不知,赵虎已经是过去式了。"

他看着系统里匹配出来的结果,顿了一顿,道:"高智斌的死对头,叫做'欧阳宇',是个大冒险家。"

12 魔镜计划

玻璃隔间已经打开，四面防爆防弹的玻璃快速升了起来，唐安拉着宋妍和徐晓，正在快速奔跑。一场亡命的解密开始了。

他知道时间已经不多，从"贝壳"说出他只有三个小时时间的时候，整个艾尔集团总部的电子数码钟表，都不约而同地形成了 3 小时倒计时。

"贝壳"确实已经接管了整个艾尔集团总部。

从 96 层到 101 层，是艾尔集团的办公楼。而目前三人所处的位置是 99 层，是艾尔集团总部的行政中心。

96 层往下的所有门禁都已经锁闭，走电梯、步梯都无法脱身。这艾尔集团往上的 6 层楼里，尚有被困的其他人。更严重的是，如果真像"贝壳"说的，三个小时后，会引爆摩天大楼，会造成多少的伤亡和损失。

"贝壳"到底要唐安找什么？

"贝壳"将任务说出来的时候，徐晓的脸色变得苍白。唐安手心捏出了汗："魔镜计划？"

这个极其隐秘的词汇，除了高智斌之外，艾尔集团里知晓的人极少。

"贝壳"说："高智斌建立了一个大数据库，叫做'魔镜计划'，我需要你帮我打开。"

唐安已经明白了问题之所在，简而言之：现在对方需要打开一个大数据库的密码。

为什么连拥有超级计算能力的人工智能都无法打开这个密码呢？如果是高智斌的手段太高超，那么他这样的小字辈，能干什么？

虽然高智斌和黄以民、唐安等人都是李大勋教授的学生，不过到了唐安入学时，李大勋教授已经不再直接指导学生，都是通过他自己的博士生来指导硕士生，这有点像武侠小说家金庸先生的《倚天屠龙记》，里面刻画有一个大宗师张三丰，门下七名弟子，年长的由自己亲自调教，年纪轻的则由大师兄宋远桥代师授业。

唐安读了四年书，就见过李大勋教授仅仅两面，按说高智斌布下的难题，如果无人能解，为什么不直接请动"张三丰"？

如果不答应"贝壳"，自己三人将困死在隔离间里。"贝壳"一旦停下楼道里的自动灭火装置，光是窒息气体都能让自己三人在短时间内死亡。这个巨大的数据库肯定不在高智斌的办公室，这里没有服务器设备。

必须先从隔离间出去。

"贝壳"咄咄逼人问："我数到3，你接受还是不接受？"

"怎么办？"宋妍紧张起来。

唐安沉吟半响，道："徐晓，带我去艾尔集团的机房。"

"贝壳"干笑了两声："游戏开始了。"

隔离间的玻璃升起，随处可见的倒计时数字点亮，像是悬浮空中的幽灵。

唐安苦笑道："做得很逼真，没想到你还会'笑'。"

"贝壳"道："别耍花样！游戏规则已经同步给了外面的人。"

"外面的人？"

唐安望了出去，一架救援直升飞机正在99层外的窗户外巡视，飞机转了一圈，就远离了摩天大楼。

袁响局长此刻正接到智能语音电话，智能语音已经再一次发出了恐怖威胁。

在袁响局长的电话里头，这个3小时的游戏规则被重复了一遍："你们也可以远程尝试破解高智斌的密码，腕表送过来，唐安用得着。记住，时间只有3小时！让直升机远点，别犯规！"

什么？有炸弹？

袁局长立刻命令救援直升机飞离大楼，在重新制定稳妥方案之前，不能轻举妄动！

人工智能绑架了摩天大楼？这是什么破天荒的案件？

应急指挥中心的负责人提出一个建议："想办法切断整栋大楼的电力，人工智能再聪明，总也需要电力支持。"

当电路图摆在面前的时候，大家发现这个方案存在致命缺陷：智能大厦的电路极其复杂，智能安防系统是一套独立电路，人工智能供电又是一套独立电路。

袁响摇头否定了这个方案："如果对方发现我们在断电，在电力完全停掉之前，对方孤注一掷，完全可以引爆炸弹。切断电力的时间和对方引爆炸弹的时间，到底哪个更快，人命关天，不能赌！"

面对失控的人工智能，高智斌也想通过断电来解决问题，可是，在电力彻底切断之前，对方直接干掉了他。

在摩天大楼外面的袁响脸色低沉，他挂了电话，拨给了黄以民："你们去E街区的人呢？"

看着直升机远去，唐安三人内心落到了谷底深渊，支援估计一时半会儿上不来了。

对于这个疯狂的"人工智能"来说，这不过是一场任务设定，可是这场任务设定会死很多人。

此刻的唐安，思绪万千，这可不是什么救世主的游戏，我是警察，如果我不能制止犯罪，摩天大楼的后果不堪设想。黄以民、金在宇他们一定已经在紧锣密鼓地追查线索，这幕后的主使一定能很快落网。现在我必须稳住这个疯狂的人工智能，它可不是过去家里使用的那些低智能设备。太可怕了，它有思想，而且是疯狂的犯罪思想！

081

这"贝壳"可不是在吹牛，刚刚的爆炸就是例证。

对，先稳住这个疯狂的人工智能！相信黄以民支队长、金在宇大队长他们已经在想办法落地查人。

唐安就读的大学，是国内著名的政法大学，虽然偏处西南一隅，但培养了许多杰出校友。他在填报志愿的时候，就只看到这个学校有一个大数据安全专业，这专业听名字就猛！

直到他入校之后，才知道这个专业是专门为一支特殊警种培养的专门化班。生性随和的唐安接受了自己的大学，反正念什么都一样，只要能搞网络，搞大数据，搞智能，一切都好说，一切都是他的兴趣。他毕业后，理所当然地加入了警队，分配到了全国智能化发展前沿的海港城，和宋妍成为战友，去和智能化的犯罪战斗。

他一贯都是技术宅男的日常，白天好好上班，晚上好好打游戏，周末翻翻科幻杂志，不和人聚会酗酒，又没人逼他相亲，这日子过得挺好的。除了宋妍会偶尔教训自己，不过被年级里的校花教训，不见得是坏事。

他万万没想到，竟然有一天，自己站在摩天大楼的高处，看着窗户外光怪陆离的"智慧城世界"，和一个"非人类的思想"在对话，而且出于一个莫名其妙的原因，他还必须扛起对抗这个疯狂人工智能的任务。

他看了一眼落地玻璃外，他站在高智斌日常君临天下的地方，脚下是代表着人类未来的"智慧城"。

唐安可是站在台上向领导汇报案件都会紧张得吐血的人！现在怎么站到了拯救世界的高光位置？

他想想就觉得不现实，一定是什么地方搞错了，他怎么可能拯救世界？拯救世界是金在宇大队长的事，不，是黄以民支队长的事，不不，是袁响局长的事。

"我能做的，是先稳住这个疯子。它的任务里设定了最长3小时，可是它既然能炸掉高智斌的办公室，也能随时引爆其他楼层的炸弹。我要尽可能拖住它，3个小时对于数侦部门来说，已经足够破案了！"他从入警第一天就接受了这样的教育:要相信自己的战友,相信团队的默契,敢于把自己的后背交给战友。

宋妍握了握唐安的手:我对你有信心,你是我们队的技术骨干!唐安只觉手心一阵温暖,宋妍握住他,给了他莫大的勇气和力量。

"反客为主?"他脑中灵光一闪,终于打定了主意。

唐安冲宋妍微微一笑,他的计划很简单:3小时内我打开了密码,先一步控制了犯罪嫌疑人想要的东西,我就能反客为主!

人心和人工智能的区别,在于人心能审时度势。

"如果爆炸了,谁也不能活!我们不能坐以待毙!徐晓,带我去!"唐安心中隐隐还有一种巨大的挑战感。高智斌一度是他仰望的偶像,能和他的偶像过招,这是多么难得的机会。

"不,我不能让高总的一切毁于一旦!"徐晓浑身都在发抖,她简直不敢相信自己卷入了一场巨大的灾难。"魔镜计划"对高智斌来说是如此重要,绝对不能落到别人手里。

徐晓转身就要奔跑,宋妍一把拉住她:"清醒一点!我们现在被困在这里,你难道还有别的办法?高智斌到底和欧阳宇有什么过节,高智斌到底在干什么?现在如果你不配合我们,那才真正是看着高智斌的一切毁于一旦!"

高智斌用了多少年光阴,才爬到这个智能大厦的最顶端。这里象征着他的智能王国,他就是这个王国的国王。徐晓追随他多年,她近乎崇拜地服务着高智斌。从男女的情感上来说,徐晓对高智斌早就超出了下属对总裁的界限。可是她知道,高智斌内心深处一直有一个秘密。

高智斌这些年未曾结婚,也从不与女性过多接触。他像是苦行僧一般,过着清心寡欲的生活。他一心钻进了数据和智能的世界里,很多合作伙伴会对高智斌开玩笑,你不会是喜欢机器人吧!

高智斌会幽默地笑,哇哦,这个主意不错哦,就像《龙珠》里的18号!《龙珠》是日本鸟山明先生创作的著名动漫,里面有一个"人造人

18号",是一个高冷、美丽、充满个性的女性角色。

徐晓从来没有奢望过走入高智斌的内心,她总是尽自己所能打理高智斌的一切。她也不信高智斌真的出了事故,不,应该是她自己不愿意相信!高智斌过去也有很多次独自外出,钻研某个奇特的问题。当他容光焕发再次出现在行政中心的时候,他总是用微笑告诉人们:我又回来了。

徐晓总是觉得自己能等,等待每一次高智斌回来,可是这一次,发生了这么多事,连艾尔集团总部都被一个莫名其妙的"贝壳"接管。如果智能狂人高智斌还在,绝对不会允许这些事发生。他或许会在远处海岛的一个密点里,向艾尔总部发出指令。指令会像箭一样,穿过厚厚云层,穿过涌动的海面,光电般抵达艾尔总部的智能中枢,调动艾尔集团的智能力量,对付这些来袭之敌。

现实不断残酷地告诉她,高智斌和艾尔集团真的出事了。

女人的直觉总是最为准确,宋妍已经洞悉了徐晓的内心。徐晓每次提及"高总"的时候,她的神态,她的语气,总是有细微不同的变化。她虽然口口声声说在艾尔集团里"活人不如机器",可是在她内心,高智斌一定不是普通人,高智斌是她内心的神!高智斌胜过艾尔集团的一切。

宋妍摇着她的肩膀:"相信我们!你想保护高智斌的一切,就要相信唐安。"

徐晓像是泄了气的皮球,她坐了下来,是啊,现在谁也帮不了高智斌。

"就要相信唐安。"宋妍说这话的时候,自己不知道从哪儿来的底气。过去的交往中,虽然二人是一个年级的同学,可是木讷的唐安就像是小兄弟一样,她更像是大姐头。二人都是远来海港城就业,更多时候是宋妍在关照这个技术宅男唐安。

可是,这一回不一样了,在危机面前,唐安的镇定、果断,让她心中生出了信赖感!为什么是唐安?为什么"贝壳"会选中唐安?这个问题一直在她脑中折磨着她。她看唐安却不以为意,此刻的唐安真是有着举重若轻的大将风度:既然暂时无法猜透,那就先过两招试试。

唐安扶起徐晓，道："老同学，时间不多了。"

徐晓倒吸一口气，把情绪稳定下来，一字字道："服务器在第100层。"

三人开始奔跑，抵达100层的服务器房间时，智能门锁已经解开，"贝壳"已经给他们提供了一切"协助"。

"其他人质怎么办？"唐安问。

徐晓道："在第98层有一个安全屋，就像刚刚高总办公室里的玻璃隔间一样，通知大家过去。"

"人质里有没有技术人员？"

徐晓道："只有两名技术人员，都在100层技术部。其他都分散在各层。"

"好，我来。"唐安从徐晓手里拿过艾尔集团的呼叫器，幸好这个短距离的呼叫器能在手机信号哑火的环境里发挥作用，"大家好，我是海港市公安局的警员唐安，我和大家在一起，请大家相信警方很快就能解救我们。"

当此危难时刻，年纪轻轻的唐安展现出了警察应有的风采："请你们前往位于98层的安全屋暂避，我会尽快解决入侵行政中心系统的这个混蛋！"

呼叫器里此起彼伏响起了："收到。"

徐晓拿过呼叫器，又问了一遍："有没有人受伤？"

随即，呼叫器亮了起来，徐晓得到了答复。

"徐秘书，收到。"

"我们没事。"

"Ok。"

高智斌不在，徐晓的呼叫器发出的指令，就是总部最后的"人类指令"了。

机房的房间门内透出了一阵寒气，唐安背心一阵冷。这个服务器房间在几天前，才发生了命案，马铁在这里杀死了技术总监刘强强。通过大

085

数据侦查手段，锁定马铁的，正是唐安。

刑警大队里的同事曾经对唐安开过玩笑，发生过命案的地方，前七天阴气会一天比一天重。

这当然是迷信，都已经大数据时代了。

看看刘强强死亡后，艾尔集团的反应就知道了，"生和死"在大数据和人工智能面前，已经变得冷淡。在艾尔集团里，大活人不如机器。刘强强死亡后，公司的技术部除了例行配合公安刑警部门进行的勘验外，整个公司很快又进入了齿轮咬合状的高效运作。

三人推门进入，只见房间值班的两名技术管理人员趴在桌上，窒息气体已经让他们昏迷。

唐安心中本来尚存一丝希望，他知道艾尔集团总部里人类很少，大部分是人工智能在管理集团运作，可是人类一定会在最关键的大数据与智能岗位上设定轮值管理。换言之，能在艾尔集团总部的大数据与智能部门站着工作的人类，个个都是智能领域的高手，就像是少林寺里的达摩堂一般。若今日值班的技术高手有刘强强这样的水平，那他唐安应对"贝壳"的战斗就有了一个强援。

孤立无援，看来真的只有靠自己了。

宋妍和唐安无暇参观这号称"世界一级智能企业的科幻机房"，时间不等人，二人快速将昏迷人员搬到楼道透风处。

唐安对着天花板道："如果火势继续蔓延，你别想拿到东西！"

无处不在的"贝壳"的嘲讽声音响起："火情和烟尘我来处理，艾尔集团总部配备有世界上最智能的防火设备，刚刚我只是还在熟悉操作。"

"见过活人无赖，没见过机器人无赖。"宋妍一翻白眼。

三人快速收拾好现场，徐晓在房间中心的一台超级电脑上快速操作，一个墨绿色的方形装置，从地面的暗格里升起。

方形装置的正面屏幕足有一台50寸电视机屏幕般大小，蓝光点亮，各种数据、算式、图案从屏幕的深处飞快飞出，像要冲出平面，扑向三人面容，又像是从未知世界的远方不断产生裂变，快速冲击平面世界所有人的感知能力。

"它就是'魔镜计划'的中枢。"徐晓道。

唐安一下子就傻了眼："这是什么跟什么？我该从哪儿下手？"

唐安伸手触摸了一下屏幕，他的手指所及之处，如同水波荡漾，屏幕上出现一个32位的密码输入口。

"请输入密码。"

"这和想象中完全不一样啊！"唐安喃喃道，"这根本没有接入口！不会是让我来试密码吧，这密码是32位数，纯凭人力，如何能在3小时把所有六位数的组合都试一遍？"

唐安道："数据库的安全设定，多半是双保险，也就是说高智斌会设置一组数字密码，然后同时还设置一个物理密钥。没有密钥，光猜到密码，也没用啊。"

"贝壳"在背后道："主人既然选择你，你可以使用电子工具强行攻击。"

"你主人可真是看得起我！"唐安哭笑不得，"连你们都搞不定，让我来试？"

"你如果需要任何电子工具，这里有的是。"徐晓指着背后一排电子设备的存放处。

宋妍道："事不宜迟，我们一样一样地试！"

唐安道："比起电子工具，我们现在更需要知道的是，什么是'魔镜计划'。"

徐晓道："我也不清楚。"

徐晓面容的一丝犹豫被宋妍捕捉到。

"徐秘书，现在可不是你犹豫的时候。"

徐晓仿佛用了很大的力气，终于开口说道："高总在违法搜集全民数据……"

087

13 E街区

海港城E街区。

有人开玩笑说,海港城已经发展成了智能世界的焦点,E街区之于海港城,就相当于"九龙城寨"之于旧香港。

E街区是整个城市人口最复杂的地方。

屏幕上的坐标定位快速切换,两队警车关上了警笛和警灯,快速向目标驰驱而去。

就在几分钟前,袁响局长已经通知把此次的事件,上升为"A级应急",潜台词是把这次围绕艾尔集团发生的一系列事件,定性成了"智能恐怖活动"!

从高智斌的艾尔汽车被攻击,到马铁杀死刘强强窃取数据包,再到摩天大楼里的人工智能实施爆炸并劫持人质,性质极其严重,关键是人工智能还挑衅警方。

黄以民下达了行动指令,这要反了天了。人类设计制造的东西,还反过来骑人类头上了?不可能!这背后一定有人在搞鬼。

给袁响打电话的人工智能,已经被定位到了具体地址。

马上出击!管他是人是鬼!

警员已经抵达了目的地,目标显示正在一座老旧的商业建筑里。这个商业体由于运作不善,荒废了一段时间,成为许多文艺青年地下聚集的地方,墙面上随处可见的愤青口号和涂鸦,让这个地方显得非常另类。大约 10 年前,这个商业体被另一个地产公司收走。地产公司收走之后,保留了荒废时期的各种涂鸦,把这里打造成了"极客中心"。

定位系统显示,目标就在"极客中心"二楼的一个房间里。

现场的领队认真核对了数据,那个挑衅袁响局长,发出恐怖威胁电话的人工智能,就是从这个房间的某部智能设备中发出。

无人机冉冉飞起,携带着热感仪,透过墙壁,发现目标房间里有一名男子正在操作人工智能。

现场领队的干警大喜:人也抓住了,鬼也抓住了。

这个可恶的犯罪嫌疑人,躲在人工智能背后装神弄鬼,是时候揭开你的面具了。

"行动!"干警冲了上去。

就在这时,领队干警的电话响了起来。

来电是袁响局长授权的行动指挥、大数据侦查支队长兼新型科技智能犯罪侦查局局长黄以民。

黄以民在拨出电话之前,接到了袁响局长的来电。袁响把"贝壳"同步的"3 小时游戏规则"通报了黄以民。

袁局长问:"你们去 E 街区的人呢?"

黄以民答:"已经抵达目标!"

袁局长声音更为低沉:"那个人工智能此刻正在摩天大楼里绑架人质。"

黄以民愣住:"那要不要行动?"

"不。"

黄以民挂了电话,手不停地抖。他抓起电话,打给了现场:"撤!"

"砰——"干警破门而入:"不许动!"

黄以民的电话迟了两秒钟!

房间里,电脑前面,一个染着红头发的年轻人正在快速敲打着键盘。

年轻人的背影不停抖动，显得异常兴奋，他戴着耳机，根本没有听见警察的喊声。

干警上前，快速按住他。年轻人本能地反抗，发出杀猪一样的喊声："打游戏也犯法吗！"

领队干警迅速检查现场电脑，一款大型游戏正在快速运作，他迅速操作分析电脑数据，猛地发现，电脑主机里面嵌入了一个虚拟器。

虚拟器不停释放着信号——这通追踪的信号原来来自这里。

领队干警愤怒地拍着桌子，他此刻终于接到了黄以民的电话。

"黄队，是虚拟器！"

黄以民长呼一口气，幸好不是什么炸弹陷阱。蓦地，他紧张了起来，这部人工智能如此狡猾，恐怕……

电话那头的黄以民道："打开视频，我看看这部虚拟器！"

视频电话打开，黄以民远程指挥操作："打开它。"

就当领队干警准备打开这部虚拟器时，虚拟器突然剧烈生热，触手发烫！

虚拟器里的喇叭发出一个嘶哑的声音，视频那头的黄以民呆立当场。

这个声音像是从地狱出来一般，它说："你们犯规了，96层不保。"

14 我是数据世界的神

唐安和宋妍已经尝试了数十种解密的电子工具。唐安揉了揉眼睛,他一闭上眼,就全是代码!这"贝壳"到底是要干什么,连大数据运算都打不开的密码设置,难道凭两个人脑能打开?

徐晓已经告知了唐安什么是"魔镜计划"。唐安感觉果然没错,高智斌果然是在违法搜集大数据。

"像高智斌这样的人,绝对不会满足于研发一款智能汽车,艾尔集团这些年,在各个领域都有产业。"宋妍道。

徐晓淡淡道:"高总要做的事,一定是造福人类和世界的事!"

"包括用人工智能替代全人类?"宋妍问。

徐晓看着宋妍,一字字道:"有什么不好?人类钩心斗角,蔑视自然,给这个世界引入新的物种,让大家都得到智能净化,有什么不好?"

"你莫忘记了你自己也是人类!"宋妍大声道,"还有,高智斌自己不也是人类吗!"

"高总不是。"徐晓一字字道,"他是神。"

宋妍白眼翻得老高,要不是三人现在在一条船上,依照宋妍的脾气,早就把徐晓脑袋骂了个开花。这是中了什么病毒吗?

"你们能不能别吵!"唐安抓着头发,他眼睛直勾勾地盯着屏幕——显然他刚刚尝试的新一轮破解工作,又失败了。

宋妍坐了下来，双手叉在胸前："没有密钥，根本没有办法直接攻破！"

唐安问道："密钥是什么？"

徐晓道："我不知道，我真的不知道。"

唐安站了起来："'魔镜计划'的数据库设置了史上最强大的密码，恐怕不能靠纯粹的技术攻击。"

他走了两步，猛地惊醒："徐晓，高智斌平时指挥艾尔智能的'接入设备'是什么？"

所谓"接入设备"，打个简单的比方，就是遥控器。可以远程遥控智能设备的装置。

徐晓道："他手上的腕表。"

"他的腕表？"

"这只腕表是整个艾尔集团的智能遥控器。高总戴上它，就能远程和艾尔集团的所有人工智能互动，调动艾尔集团的一切智能设备，包括汽车、飞行器、卫星等。"徐晓道。

"就像是魔法师的权杖？"唐安问。

"对。"

唐安竖起拇指："很酷，很像游戏里的装备。"

蓦地，唐安脑中灵光一闪，想起刚才高智斌办公室收藏的数百只各种手表，指针全都指向同一个时间。

PM4:00。

下午4点！

这个时间，会不会就是密码提示？是哪一天的4点？把时间之间的"冒号"算上，这也才7位数，这如何能凑成32个数字？

"这只腕表如此重要，高智斌肯定不会让它和艾尔汽车一并燃烧。"宋妍道，"高智斌汽车失事后，数侦支队对事故做了大数据分析。根据通讯数据显示，在失事前，艾尔智能汽车之上，尚有两部手机和一部智能穿戴设备发出信号。"

徐晓闭上眼："那部智能穿戴设备，应该就是高总的腕表。他一定会把它扔出去！"

二人分析得丝毫不差，高智斌正是在紧要关头，将这只腕表扔出了车窗。

唐安自信道："以海港城警方的实力，相信这只腕表已经搜寻到了。"

宋妍问："这只腕表，会不会就是这个'魔镜计划'的物理密钥？"

"极有可能，在我们拿到腕表之前，不妨猜一猜高智斌的密码。"唐安转头望向徐晓，"高智斌搞'魔镜计划'，他的真实目的是要干什么？"

徐晓道："高总要做的事，我只有支持，没有过问。"

宋妍苦笑道："有时候我很奇怪，到底你和艾尔集团里的人工智能，谁才是机器。"

唐安靠在工作椅上，用力蹬地，让椅子半悬起来。他闭上眼睛，耳朵里依然能听见整个艾尔集团里倒计时的声音。他让自己的思绪发散开来，如同置身于高智斌设置的无边宇宙之中。

高智斌到底要干什么？他不会真的以为自己可以一手掌握全世界的数据吧？他已经是"智能之主"，难道还想成为"大数据之王"？这个可不太现实，大数据理论最基本的一条是：大数据是无限的、自生的、变化的，没有人可以穷尽世界上所有的数据，政府不能，民间也不能。即便是警方高超的大数据侦查系统，也只是在有限数据的前提下，进行的刻画和推理，这些刻画和推理，必须要经过实实在在的侦查工作印证，才能转化为证据。

高智斌的艾尔集团已经是智能世界的焦点了，他到底要干什么？如果是不断获取大数据，通过完善数据运算，来训练人工智能，他艾尔集团已经处于人工智能的领先地位了。徐晓给唐安、宋妍二人的资料显示，马

093

铁窃走的数据包,是艾尔集团汽车产业部门这些年搜集的车辆数据。这些数据不过是一片海洋,而"魔镜计划"是要打造完成一个宇宙级的数据库。

1964年,马歇尔·麦克卢汉预测:"我们在未来将有'一个世界相互关联的电子神经系统'。我们生活在一个地球村。大数据和物联网技术将使所有行业相互关联,并释放令人难以置信的改变生活的机会。"唐安在念大学的时候,去旁听过一次高智斌的讲座。在那次讲座上,高智斌受李大勋教授的邀请,来给学弟学妹做关于大数据与人工智能的讲解。一开场,高智斌就阐述了马歇尔·麦克卢汉关于世界物联的预测。

智慧城市是物联城市,大数据是物联城市的神经数据,只有通过永不停止的大数据运算,智慧城市的神经管网才可能不断运作。"难不成高智斌想通过巨量的大数据,掌控世界?"唐安摇了摇头,"这未免也太科幻了!"

记忆中,在讲台上的高智斌,两鬓还没有风霜。他笑着问:"大数据能应用于哪些产业?"

台下一片议论声,李大勋教授坐在第一排,用慈祥的目光看着台上的得意弟子。他忽然回过头来,对后面的学生说:"机会难得,大家踊跃讨论!"

这时,有学生站起来回答:"我是大数据安全专业的学生,我们未来会从事数据侦查警务。我认为在安全领域,政府可以利用大数据技术构建起强大的国家安全保障体系,企业可以利用大数据抵御网络攻击,警察可以借助大数据来预防和侦查犯罪。"

起身作答的是唐安的同学,是班里的佼佼者。他的回答既结合了自身专业,又扩展了安全领域的外延,赢得了大家的掌声。

"我是公共管理专业的学生,我认为未来的城市管理,可以利用大数据实现智能交通、环保监测、城市规划和智能安防。"

"我是金融学专业的学生,我认为未来的金融行业,大数据将会在这些方面发挥作用：高频交易、社交情绪分析和信贷风险分析。"

"我是隔壁医学院学校来旁听讲座的学生。我非常欣赏高老师对大数据研发的执着，我认为未来的生物医学，大数据可以帮助我们实现流行病预测、智慧医疗、健康管理，同时还可以帮助我们解读DNA，了解更多的生命奥秘！"

讨论异常热烈，似乎没有哪个专业，能超出大数据范畴的讨论。

这个时候，一个体育特长生姚古站了起来。

大家齐刷刷地看着他：大数据总不能用来搞体育吧？

姚古憨厚地笑："俺也觉得大数据不能用来搞体育，人能跑多快，跳多远，和大数据有什么关系，这是人的能耐呵！可是啊，大数据用来分析训练数据，应该是个不错的选择，对了！俺想到了！"

他突然两眼放光："对运动员的大数据掌握，可以预测比赛结果！可以买彩票！"

全场一阵哄笑。姚古偷偷看宋妍，宋妍也被逗乐了。

唐安也跟着笑了起来，这家伙昨天还从唐安的生活费里借了钱去买足彩，结果国足输得一败涂地，唐安的生活费也还没着落。姚古和唐安关系颇铁，他暗恋过宋妍。为了追求宋妍，姚古还请教过唐安。请教谁不好，请教一个工科宅男，唐安在网上搜了许多提示，终于对姚古说了一个绝技，那就是要想办法成功引起女生的注意，你可以不经意地走过去，碰翻她的玻璃杯，然后就各种狂聊！姚古问，要是她打我怎么办？唐安说，小打小闹，似娇还嗔，说明你成功了！

几天后姚古鼻青脸肿地回寝室，对着唐安一顿嚎哭。唐安细问究竟，原来姚古趁着宋妍在吃酸辣粉起身拿筷子的时候，一把抢走了宋妍排了两小时队才买到的酸辣粉。宋妍飞起一脚，把姚古踢了个脸着地。

姚古横擦着两道流下的鼻血，像个大傻一样问："我是不是成功引起她注意了？啊？"

此刻站起来回答问题的姚古，终于看见宋妍笑了：原来积极学习，才是王道啊，以后可不能继续当学渣了！"

大家笑过之后，高智斌清了清嗓子，道："大数据，深入生活的方方面面，未来将是大数据世界。在这个世界里，物联网把人和一切物体拉近，而大数据充当了神经单元；在这个世界里，人工智能将成为新的物种，而大数据则是哺育人工智能的奶粉、养料。大数据让人工智能更精于计算，更聪明，更智能！大数据时代下的城市，将会无比智能。"

讲座结尾，高智斌习惯性给自己的艾尔集团作了个硬植入广告："艾尔集团现致力于大数据和智能领域的研发，在生物医疗、智能汽车、金融、能源领域，都有自己的大数据和智能产业。就拿我们的艾尔医院来说，在大数据医疗方面就已经跑在了世界前列，目前在英格兰和威尔士，花费在糖尿病的预算，相当于每小时超过150万英镑，或者是25000英镑每分钟。总的来说，每年花在治疗糖尿病及其并发症的治疗费用大约为140亿英镑，而发生并发症代表更高的成本。艾尔医院启用大数据分析，确定糖尿病的早期检测和治疗，发现患者的趋势和行为，可以实现更有效的药品分配。这一点，李大勋老师已经深有体会。"

李大勋教授点点头："对，我从来没有去艾尔医院排过队！希望以后艾尔集团的医生机器人，能直接来我家服务，我连门都不用出了。"

全场又是一阵笑，这一次的笑，是充满希望的、激动的笑、欢乐的笑，是因为大家一致认为，眼前这个男人，能让这一切成真！

而事实是，几年后，艾尔集团开发的人工智能大行其道，在各个领域都崭露头角，一举成为世界智能行业的领头羊！

"大数据将彻底改变我们的生活，艾尔集团将造福人类，实现智能'拟人'计划，电影里的科幻场面，很快就要来到。我们没有美国队长和钢铁侠，我们自己造就超级英雄，谢谢大家！"

高智斌的演讲落幕，全场爆发了巨大的掌声。

这天的演讲，给唐安最深印象的是关于大数据在各个领域的运用，艾尔集团已经完成了一个庞大的布局，笼罩了社会生活的方方面面，高智斌或许真的是未来大数据世界的造物主、救世主。

　　此刻唐安在艾尔集团的100层里，他回想着和高智斌的交集，就是这次演讲。高智斌到底是个什么样的人，搞清楚他的人性，是不是就能搞清楚他的人心，这样对猜测密码会不会有好处？理论是有好处的，但凡密码设置，就一定是人内心的反映，你喜欢的人的生日，你喜欢的作家名字，你的某个纪念日……

　　唐安突然感觉一阵疼痛，他脑海里只要想起和高智斌的这次交集，就难免会回忆起一段痛苦的事。他在日常生活中，几乎是故意回避艾尔集团和高智斌这类的字眼。

　　学生时代的唐安勤工俭学，他目睹许多亲朋饱受穷困和病痛折磨。他当时就在想，有一天我要挣很多钱，尽快帮助身边的人，去艾尔医院诊疗，除了感受智能医院的便利，还希望能用先进的科学治愈病痛。他想要帮助的人尚未去感受，可是唐安自己就在讲座后的当天下午，去艾尔医院感受了一把！讲座散场后，唐安在学校门口过马路的时候，被一辆初学驾驶的飞速小车撞了个老远。

　　回想和高智斌的交集，除了这台讲座，还有一场飞来的车祸，真是不堪回想，过去这么多年了，回想起来，依然会隐隐作痛。

　　当时的场景，吓坏了在场所有人。当时天昏地暗，唐安腾空飞出4米远，空中翻了一圈，地上滚了两转，交警勘验现场的时候，直摇脑袋，这个撞击力度，只有两字：必死。

　　昏迷不醒的唐安被紧急送往了艾尔医院，在医院进行了多项手术。手术6个小时，取出16片碎骨，打了12枚钛钉……唐安躺在艾尔医院的病房里，那画面感觉像是一只正在被做着实验的小白鼠，打了各种药剂，各种线路计算着他的数据，机器人手臂来来回回地操作手术刀……

　　李大勋教授代表校方会见了高智斌。出于师门一脉，高智斌调动了当前艾尔集团最先进的医疗智能设备，对唐安进行诊治。三个月后，唐安重新迎来了窗外的阳光，他顺利出院，高智斌大笔一挥，免除了唐安治疗的所有费用。

他真没想到自己还能活过来。

出院后的六个月,是唐安人生中最难熬的时间。他不能动弹,需要静养一段时间。他包裹得像是个木乃伊,只能躺在病床上每天数日历。班上的死党会在周末没课的时候来看望他,特别是姚古,会来告诉他这周他制定了什么样的计划去引起宋妍注意,这让唐安多少有些笑意。

能否重新站立,这是那几个月困扰唐安的最大问题。一种阴暗和晦涩的情绪,笼罩着病房。他手机音乐里经常放的一首歌是《生命要继续》,由王力宏和莫文蔚合唱,是一首包含宗教、死生、罂粟、撒旦、病痛的歌,歌词里的主角被撒旦带走了,上帝没有来得及把撒旦赶回去。这个故事告诉我们生命其实很无厘头,而人类,其实很脆弱。

从那次事件之后,唐安真正体验到了人工智能和大数据给世界带来的改变,人工智能的机械手臂比外科专家更为准确,对病人配药的数据分析,更是比任何熟练的医生下医嘱处方来得快捷。

高智斌真的在改变世界。唐安躺在病床上,曾想过若有一天,自己也能像高智斌一样,成为智能世界的缔造者之一。

坐在工作椅上的唐安看了看表,他突然意识到,自己当年的交通事故,事发时间是 2025 年 2 月 1 日下午 4 点,也就是 PM4:00。

这不会是巧合吧!

他忽然想到什么,他脸色一阵青一阵白,他大喊一声,从回忆中惊醒过来。

徐晓和宋妍关心地问:"怎么了?"

也不知是不是唐安和宋妍已经试了几百种方法未果,心气都有些浮躁,唐安脑中此刻冒出个念头:要不胡乱一试!

唐安鬼使神差地把当天的时间地点坐标写了下来,把字母转化成通用对码数字,他截取了前 32 位,输入了屏幕。

"噔——"屏幕突然静止。

整个机房里不知从哪儿冒出一阵嗡鸣声。

密码奏效了？不需要密钥了？还是说自己用电子工具替代了密钥，并且凑巧猜中了密码？

"来吧，解除炸弹！"

唐安内心怦怦直跳，难道就要打开高智斌最深的秘密数据库了吗？如果密码就要解开了，这幽灵般的"贝壳"哪里去了？

15 和机器谈判

此刻在摩天大楼外,袁响局长正组织了一队谈判专家和"贝壳"进行对话。

和人工智能进行谈判,要求释放人质,这对于谈判专家来说,还是头一回!

"贝壳"根本不是个实体,谈判专家和"贝壳"的隔空交谈,同时有大队专业人手在分析"贝壳"说的每一句话。人工智能的程序设计都有迹可循,就像唐安一眼就识破了"贝壳"为什么不在他们昏迷时干掉他们三人,原因在于它的设定里,有需要唐安要做的事。

同理,"贝壳"和谈判专家的谈判,它的每句话都包含了设计者的思想,找到思想,就能对设计者进行刻画,就有锁定设计者的可能。袁响局长的用意是,边谈边打!稳住它,同时让兄弟们3小时内把幕后主使找出来。

"我们的干警在里面,想办法和他们取得联系。"袁响局长作出了指令。随后,一台无人飞机缓缓起飞,飞机上装载一颗反雷达智能屏蔽仪。如果劫持人质的是人工智能,它一定不是以"眼睛"来进行观察。无人机悄悄接近100层,伺机而动。

E街区的虚拟器是个把戏,虚拟器的语音告诉黄以民:"你们犯规了,96层不保。"

96层不保?

在现场的诸人眼前火光一闪,只听耳中巨大的爆破声。隐形无人机被爆破冲击波震得老远。

伴随着徐晓歇斯底里的尖叫,摩天大楼发生了巨大的震动,身在100层的唐安三人感觉到猛烈的摇晃,几乎要呕吐。

机房的监测仪器屏幕上显示着:96层疑似爆炸!

"96层是总部的储备室!"徐晓大声道。

唐安尝试的密码没有验证正确,按照"贝壳"的任务设计,一旦数据库被撞开,炸弹就将全部解除。

"贝壳"引爆了96层的炸弹。他泄气极了,剧烈的摇晃感让他脑子一片混沌,不行,没有物理密钥,靠乱猜,根本没法解决问题。

幸好人质都已经去了98层安全屋!

幸好唐安提前作了部署。

唐安定了定神,大声道:"我需要那只腕表!"

"贝壳"很快把这个要求转达给了在摩天大楼外的谈判专家:"我再说一次,把高智斌的腕表,送进来,不要犯规!"

"什么什么?我们自己的干警要配合人工智能解密?"负责谈判的专家叫陶释,他瞬间没有理解到"贝壳"要干什么。

陶释将情况汇报给了现场的最高指挥,袁响局长站了起来,来回踱着步,这只腕表到底是什么鬼?

黄以民已经上前作出了汇报:"高智斌非法搜集了巨量的大数据,这些数据锁在一个数据库里。这只腕表,很有可能就是这个数据库的密钥。"

"这是'黑吃黑'的打法啊,搞出这么大动静,高智斌这个数据库里到底是什么?"孔秀哲问道。案件从一个普通刑事案件升格为新型智能恐怖犯罪之后,刑警部门倒成了数侦部门的配合单位了。

黄以民道:"高智斌这些年不光是深耕智能汽车领域,他的艾尔集团几乎渗透到了社会的每个角落。"

"他搜集大数据是要干什么？难不成和你们大数据侦查部门抢饭碗？"袁响局长问。

孔秀哲微微笑道："会不会是作为科研用途？李大勋教授教出来的学生，都比别人有钻研精神。"

"混账话！"袁响局长被激怒了，"你脑洞再开大一点，搞科研？哪个法例授权他可以搜集公民数据？"

这就是在给黄以民上眼药了。袁响局长最烦的就是拉帮结派，高智斌是李大勋教出来的学生，黄以民不也是吗！整个大数据侦查队伍里，有几个不是呢？除了金在宇是从刑警队伍空降过去的以外，这些干部大多都是师出同门。

上眼药的最高境界，就是兵不血刃。很多年前，孔秀哲看过一本关于明朝历史的白话畅销书叫《明朝那些事儿》，里面有一个故事让他印象极度深刻，讲的是：明代皇帝朱祁镇带着恭顺侯吴瑾和几个大臣内监登上翔凤楼，登高望远，很是惬意，突然朱祁镇指着城区中心黄金地带的一座豪华别墅问吴瑾："你知道那是谁的房子吗？"吴瑾自然知道这是权臣石亨的房子，吴瑾遥遥看了一看，却不说明是谁的房子，他斩钉截铁地回答道："此必王府！"在听到答案的瞬间，一丝杀意掠过朱祁镇的脸庞，他冷笑着说道："那不是王府，你猜错了。"朱祁镇回头冷冷地看着那些跟随而来的大臣，抛下了一句话，飘然而去："石亨居然强横到这个地步，竟没有人敢揭发他的奸恶！"

高明，高明。

有时候黄以民也会发出和高智斌一样的感叹：有人的地方，就有钩心斗角，还不如都是机器好！

袁响局长骂的是孔秀哲吗？他骂的是黄以民办案不力！搜集公民大数据这样的违法犯罪，不是你黄以民该管的吗，你平时干什么吃了？高智斌都坐大成势了！

黄以民心中暗骂孔秀哲鸡贼,只听他缓缓道:"当前的侦查方向,恐怕不是高智斌非法搜集数据,而是谁策划了这场智能恐怖犯罪。非法搜集数据是'因',引发争夺是'果',等'黑匣子'打开来,搞清楚艾尔汽车失事前发生的事,就可以迎刃而解。"

袁响道:"'黑匣子'还有多久可以打开?"

黄以民斩钉截铁道:"半个小时。"

袁响看了看表,时间已经过去一个小时了,"贝壳"留给警方的时间,只剩两个小时。

"你们下一步怎么打算?"

孔秀哲道:"继续审马铁,找出暗网交易的买方。"

黄以民道:"把高智斌的腕表,送进去。"

孔秀哲冷冷道:"你疯了吗?满足绑匪预期所得就释放人质的事情,并不多!到时候两头落空!"

黄以民道:"这一次的绑匪很特殊。绑匪不是人。"

"哦?"

"它不是人,它就有自己的设计,哪怕它的设计再智能,它的行为也一定有迹可循。它提出把腕表送进去,如果不满足,就会出现刚刚引爆96层楼那样的举动。"

学过计算机编程的都知道,在编程设计里,逻辑语言是"If"和"So",如果条件满足,则会如何如何。

黄以民目光如灼,道:"如果不送进去,这个发了疯的人工智能恐怕会炸毁剩下的5层楼。"

"秀哲的思路是对的,你若是把腕表送进去……如果对方打开了这个数据库,岂不是让犯罪得逞。"

袁响局长看着智能大厦,这大厦如果从顶部爆炸,会引发什么样的灾难后果,实在难以预估。

"可是,你送进去起什么作用?"孔秀哲淡淡道。

黄以民道："你们不想看看高智斌这个数据库到底是什么吗？"

袁响和孔秀哲都不说话。

黄以民接着道："随着我们逐步破解开这个数据库，幕后操纵人工智能的犯罪嫌疑人是坐不住的。这个数据库对于利益方来说太重要，才不惜搞出这么大动静，但对于警方来说，这只是非法搜集公民数据的犯罪结果，我们直接清除也是可以的！"

袁响道："你这么有信心，里面的那个……"

"他叫唐安。"

"对，唐安。"

"当唐安解开密码的时候，他一定能先把这个数据库控制起来，反客为主！"黄以民太熟悉这个小师弟的行事风格了，唐安的计划正和黄以民推测的一模一样。

"这个年轻人能解开高智斌数据库的密码？"

黄以民似笑非笑道："刚刚孔支队不是说了吗？"

孔秀哲道："我说什么了？"

"你说，李大勋的学生，都很有钻研精神！"

16 最熟悉的敌人

欧阳宇正在蓝地公司"大帆船"楼顶的停机坪上，看着远处起火的艾尔集团总部，脸色阴晴不定。

赵虎走了过来，小声说："老大，解锁'魔镜计划'遇上麻烦了。"

欧阳宇神色却更凝重："我们才惹上大麻烦了。"

赵虎奇道："为什么？"

欧阳宇道："这麻烦恐怕还没完。"

赵虎道："高智斌和我们作对不是一天两天了，这一次是天意。"

蓝地智能和艾尔集团是智慧城的两个旗鼓相当的公司。欧阳宇和高智斌二人成就相当，可是对待智能产业的理念，却全然不同。欧阳宇一直认为人工智能最终不过是为人类所奴役的工具，怎么可能成为一个新物种，高智斌不是在痴人说梦吗？

两家公司暗地里互掐多年，双方除了台面上的商业竞争之外，台面下还有不少网络攻防。欧阳宇一度网罗了许多黑客榜上的高手，不断攻击高智斌的智能中枢，窃取他的研发数据。

这些年高智斌也没闲着，随时保持着和欧阳宇干架的状态。不同的是，高智斌几乎不使用黑客团队，他对欧阳宇反攻，用的是自己设计的人工智能。他仿佛偏要用这样的方式来证明他的理念是对的。

欧阳宇和高智斌打了很多年。

欧阳宇了解高智斌，他看着艾尔集团总部燃烧释放的黑烟，知道事态的发展已经超出了自己的掌控。

在瑞典那晚高智斌私自外出，见的就是欧阳宇。欧阳宇是去和高智斌商议"魔镜计划"，可是高智斌根本就没有听！

真是倔强的人啊。

最了解自己的，往往是自己最强的敌人。只有敌人，才会不断寻找战胜你的机会，所以才会不断去了解你。可是，明明知道高智斌不会接受欧阳宇的提议，欧阳宇还是专门飞去了瑞典。欧阳宇其实也是个不到黄河心不死的人。

事情进展到这一步，已经有些没法收手了，欧阳宇喝了一口红酒。

赵虎又道："不过就算计划没有按照我们设计的进展，只要高智斌垮了，智慧城也就只有我们的蛋糕，到时候老大可以慢慢收购艾尔集团在各个领域的产业。"

"哦？"欧阳宇看了赵虎一眼，他的神情复杂，"你就是这样办的事？"

赵虎唯唯诺诺道："人工智能的处理方法，就是什么都可以推得一干二净。"

欧阳宇道："恐怕这一回我们很难推得一干二净。"

赵虎奇道："此话怎讲？"

赵虎通过操纵人工智能，自己躲在幕后，这些年干了不少事。

欧阳宇道："高智斌乘坐的艾尔汽车是当前最先进的智能汽车。"

"正是。"

"可是它却被人攻击了。"

赵虎得意道："不光是被人攻击了，还被人接管了。"

欧阳宇道："我常说过，大数据时代，一切都可以被攻击，一切都可以被接管。"

"老大说得再明白也没有了。"

"既然是我说得明白,那你为什么要得意?"

赵虎不说话了。

欧阳宇又道:"艾尔智能汽车被人攻击,如果你是警方,你会第一个怀疑谁?"

赵虎低声道:"我不知道。"

欧阳宇道:"这个世界上,能直接拿下高智斌的智能中枢的黑客,恐怕没有几个。"

赵虎道:"能攻击他的人,并不是会攻击他的人。这一个道理,警方一定明白。"

欧阳宇道:"如果再加上事发后锁上了他的'黑匣子'呢?"

赵虎面露深意的笑容,道:"这人可真是自负得很。"

欧阳宇道:"再加上整个事件的背后,是因为有人要吞并他的非法大数据库呢?"

赵虎道:"能吞下他的大数据库,以前我的实力也能做到。"

欧阳宇问:"那现在呢?"

赵虎道:"现在只有老大你能做到。"

欧阳宇失神道:"窃取不成,便来硬抢。光抢个数据库还不止,还把艾尔集团总部搞成这样……能对高智斌下这么重的手,这是多大的仇怨,除了我之外,我还真没想出来还能有谁。"

赵虎嘎声道:"这个,这个,我们可以推得一干二净!"

欧阳宇看着赵虎的眼睛,一字字道:"我们为什么要推得一干二净?"

赵虎道:"老大,你是想?"

欧阳宇冷冷道:"你说说,我自负吗?"

赵虎低下头:"不。"

欧阳宇冷笑道:"是'不说',还是说我'不自负'。"

赵虎不说话。

107

欧阳宇接着道："一个人有能力，可以自负。自负的人通常都不会愚蠢，公然挑战警方。这不叫自负，这叫狂妄。"

欧阳宇突然长叹一口气："恐怕现在的事态已经由不得我们掌控。"

"覆巢之下，安有完卵。"他看着脚下的"智慧城"，默然半晌，喃喃道，"如果没猜错，黄以民已经在路上了。"

17 人质

谈判专家陶释和"贝壳"进行的第二轮谈判开始了。

陶释乘坐电梯直达95层的智能门禁处。

他在观光电梯上飞速而上,在他身边的是刑警支队长孔秀哲。作为袁响信得过的爱将,孔秀哲和陶释不是第一次这样搭档了。孔秀哲在警队,就是从"救援部队"开始干起的。

从云层里看"智慧城",有一种完全失真的感觉,像是科幻电影里的未来世界。

"幸好有这么智能的建筑物。"陶释长出了一口气,"如果没有这些智能设施,爆炸早就毁掉了整个建筑物。"

96层的爆炸,99层的爆炸,都只是爆炸而已。摩天大楼本身的智能设备,迅速控制了火灾,除了冲击波造成的损害外,其他伤害并不多。另外,由于大楼里都配备有热感救生装置,困在里面的人质,在爆炸发生的时候,都能激活类似高智斌办公室那样的"安全气囊",这也就大大增加了营救的存活率。

陶释道:"若换了是当年的911事件……"

孔秀哲截口道:"911那是飞机撞上去,和这个完全不一样。"

陶释道:"不管怎么说,智能的发展,总是让世界进步了。"

"若智能不发展,就没有今天这个绑架人质的'贝壳'。"

陶释笑道:"你会不会聊天?"

孔秀哲道:"聊天不是你们谈判专家最擅长的吗?若是和我都没法聊,那怎么和人工智能聊?"

孔秀哲心中有气,明明自己的方案得到了局长的认同,怎么变成了自己来执行黄以民的方案——送腕表。

陶释追随袁响很多年了,局领导这样安排,肯定有深意。孔秀哲和黄以民互相不对付很多年了,两人刚刚给出的方案都一定是自己认为的最优解,都有道理。袁响掂量了一番,他一拍板,追击暗网用户这种事,还是黄以民来干吧。

"为什么要这么大费周章地和这个人工智能谈判?"陶释问。

孔秀哲道:"你的意思?"

"我的意思是为什么不能直接断电?"

孔秀哲冷冷道:"如果它发现即将被断电,垂死之际释放炸弹,怎么办?况且,这所智能大厦,电路复杂,智能防护系统是一套电路,人工智能又是一套电路。"

"噔——"电梯抵达95层。楼层向上的智能门禁已经锁闭,电梯已经无法按下更往上的楼层。

陶释和孔秀哲快步走到楼层连接口,96层的爆炸确实造成了不小的伤害。不过从刚刚和"贝壳"通话的语音里可以听出,大厦里的人质没有任何危险。

陶释心中赞叹高智斌,到底是"智能之主"设计的办公场所,其智能防护也一定比较完善。隐形无人机在躲过96层爆炸冲击波之后,进行了一番回旋后,又再次临近了摩天大楼。它搭载的热感检测开始工作,检测到大部分人质在98层。

画面传回袁响的指挥系统里。应急指挥中心一直在研究营救方案。96层以下的所有门禁已经被"贝壳"关闭,如果要从正面闯入,势必惊动"贝壳",到时候会触发像96层爆炸一样的"犯规规则"。袁响问应急指挥中心负责人,如果采用这样的方法:切割玻璃,直升机高空营救,行不行?

应急指挥中心负责人回答:"方案是可以,但是前提是必须先关掉大厦外墙的电子锁,有磁力场笼罩在外面,切割工作会非常困难,而且容易惊动敌人。"

"如果是关掉了外墙磁力场,多长时间能完成营救?"

应急指挥中心负责人道:"十分钟!"

十分钟?这么长的时间,如何能不惊动这个"触角几乎无处不在"的"看不见"的家伙?

袁响沉默不语,看着指挥系统,陶释啊陶释,现在看你的了。

陶释正站在96层门口和"贝壳"喊话。96层的办公设施已经被炸得一片狼藉。陶释和"贝壳"沟通了大约十分钟,他的耳机里已经搜集了"贝壳"所有的语言模式。所有信息传回了指挥中心的团队里。"贝壳"的语言模式全部分析成了数据。

谈判经验老到的陶释惊讶地发现,"贝壳"已经具备某些生死伦理判断的能力。

"天,这可不光是会数据计算的机器人。"陶释内心震惊。

它和陶释对答如流,并分析出警方如果要进行高空营救将会面临的困难甚至时间。

陶释提到智能大厦本身会有智能保护装置,能为警方争取到营救时间,比方说98层的安全屋。

"贝壳"干笑了两声:"98层的安全屋并不安全,并不是他们躲进去,而是我关住他们而已。"言下之意,是随时可以撤掉安全屋。如果再有爆炸,人质将会炸死。

"我能关停高智斌办公室的隔离间,让唐安他们出去,也就同样能撤掉98层的安全屋,""贝壳"顿了一顿,"我接管了艾尔集团的智能中枢,局面是我的。"

111

"你们没有100%的把握破解我现在掌控的局面，就不能动手。对于警方来说，没有哪个生命比另一个生命更珍贵。对付'我们'，人类总是认为只要切断电源，就能解决一切。实际上，只要感知到电源有异常，在那一瞬间，我也能启动炸弹。电力熄灭和启动炸弹，到底哪个更快？人命很重要，你们不敢赌。"

　　谁说人工智能不能进行生死伦理判断？高智斌在瑞典被记者提问难住，陶释在新闻直播里正好看见。如果不能进行更智慧的判断，只能说明高智斌的手段还不够智能！

　　陶释和孔秀哲对望一眼："设计'贝壳'的人，比高智斌强！"

　　"贝壳"道："你是谈判专家，在解救人质的实操层面你做不了主，你旁边有曾从事解救人质十年之久的行家里手，让他来权衡方案。"

　　陶释惊出一身冷汗，敌人对孔秀哲的背景竟然了如指掌！警方的数据难道也被人搜集？

　　孔秀哲冷冷道："你错了。"

　　"贝壳"道："哦？"

　　孔秀哲道："你不会炸掉第100层。"

　　"贝壳"沉默了几秒，孔秀哲又道："计算好了吗？我再说一遍，你不会炸掉第100层。那里有你主人要的东西。"

　　"是。"

　　孔秀哲道："这是你的终极指令。"

　　"是的。"

　　孔秀哲道："所以为了达到这个终极指令，你的判断是必须拿到这只腕表。'腕表'和'人质'，对于你来说，'腕表'更重要。"

　　"贝壳"停顿了一下，似乎在进行计算，片刻后说道："是的。人类一思考，上帝就发笑。我知道你的计划，你是要用腕表来换人质。"

　　"对。"孔秀哲道。

　　"贝壳"道："98层的人质可以给你。"

"我可不知道人工智能会不会反悔。"陶释道。

"贝壳"道："给你 10 分钟，派人上到 98 层，组织营救人质，里面有伤员，不过 10 分钟已经够了。你跟着上 98 层，拿着腕表，等他们撤出之后，会有一个智能机器人到你面前来取。人类的警务人员不会这么没有胆量吧？"

陶释一咬牙："成交。"

孔秀哲一声令下，警员迅速冲入 98 层展开救援。

"哪儿不对……"陶释内心默念，他看了看腕表，腕表是智能穿戴设备，上面同步着在后方的分析团队作出的"贝壳"的语言方式。

"贝壳"并没有给陶释太多思考的空间，只听他一字字道："好了，该你了。"

陶释手持高智斌的腕表，走进 98 层的大厅。一台智能机器人快速滑动到了陶释面前，机器人举起双手，托起一个镀银的圆盘。

陶释握着高智斌的腕表，心里有一丝犹豫，他心中想，黄以民的计划到底是什么？这样赌，是不是会胜？

"给它。"袁响局长从耳机里发出了指令。

陶释放下了高智斌的腕表，像放下了千斤的巨石。

现场指挥的袁响局长，看着孔秀哲解救下来的部分人质，脸色更加凝重。

陶释出发前，问过袁响局长，谈判的底线是什么？

袁响局长答："腕表可以给他。"

陶释颇有不解，敌人搞出这么大动静，来索要这只腕表，正是说明这只腕表的重要性，它极有可能是高智斌"魔镜计划"的物理密钥，把钥匙送到敌人手里，这风险太大了。

袁响局长冷静道："相信黄以民的判断。"

作为决策者，在紧要关头，采纳专业人士的建议，这才是最为理智的选择。黄以民已经判断出这只腕表的作用，它就是高智斌大数据库的密钥。根据对腕表的技术分析，高智斌曾在事故之前的一刻，进行过一次密码重置。

也就是说，当前的"魔镜计划"已经处于初始密码状态。为了保险起见，高智斌将密码分为两部分，一部分是自己的"权杖"——腕表，这只腕表可以远程操纵艾尔集团的所有智能中枢，另一部分是自己设定的数字密码。而根据蒋政等人的走访了解，以高智斌的作风，要求艾尔集团所有的数字密码每年都会更换，那他自己对"魔镜计划"的数字密码更加不会例外。

既然高智斌在最后关头重置密码，也就是说，他有十足的把握，他的初始密码，没有人能攻破！

黄以民说，如果对方能搞定大数据库的密码，就不用搞这么大动静了。

袁响也很奇怪："那对方看上了那个小子什么？"

黄以民一耸肩："我不知道，我也很奇怪。"

"那你就这么有信心？"

黄以民目光如灼："敌人都需要唐安，我们为什么不能相信他，赌上一赌？而且……"

他顿了一顿，道："唐安是一名合格的警察，他知道怎么处理，我们现在能做的，是帮他收拾周边战场。"

他指的是，尽快找出"贝壳"的设计者和远程操作者。

袁响局长道："尽快搞定'黑匣子'，找出最后的真相，时间已经不多了。"

时间确实不多了。

就在孔秀哲和陶释成功解救部分人质之后，情况变得更为复杂。

只听一声电流消退的声音，整个摩天大楼的外墙磁力罩消失了，各个楼层的"安全隔离""安全气囊"全部撤去。这一瞬，大厦的灯光熄灭，整个世界顿时安静下来，一些燃烧后发出的声音偶有鸣响，浓烟已经散尽。大厦在阴冷的天空中显得极其孤独，像受伤的老者，迎立风中。

陶释一回头，看见整个大厦所有的外部电力已经切断。

"你？"

"贝壳"道："我没有反悔，对不对？"

陶释终于明白面前这个人工智能的智慧。智能大厦的电路很复杂，智能防护系统是一套独立的电力系统，人工智能供电是一套独立的电力系统，办公照明又是另一套独立的系统。

"贝壳"道："我只是加大了砝码。"

之前的爆炸，之所以伤害有限，全赖智能大厦自身的安全系统；现在"贝壳"切断了智能大厦的外部电力系统，撤去了所有智能防护系统，大厦将无法启动任何防爆防火设置。换言之，如果警方对第100层的人质进行强攻解救，敌人下一次的爆炸，将会把整个大厦炸断！对于智能大厦这样，人类数量比较少的建筑物，"坍塌"所造成的次生伤害，远比爆炸本身厉害得多。

陶释瞪大了眼睛，仿佛看到摩天大楼崩塌的灾难画面。对于"贝壳"来说，第100层困住的人，显然比第98层的人更重要。它加大砝码，让警方彻底投鼠忌器。

"人类的语言里有个成语，叫'饮鸩止渴'，送回腕表，如同'饮鸩'，到底能不能'止渴'？""贝壳"既像是自言自语，又像是在对它面前的对手陶释提问。

陶释又想起了瑞典斯德哥尔摩的那场演讲和记者提问，谁说人工智能不能进行价值判断？

看着从智能大厦解救下来的人质，袁响局长长松了一口气。

就在这时，一名警员快步跑了过来。

"报告。"

"讲。"袁响没有回头。

警员压低声音道："以民支队长让我报告，在暗网收买马铁的人，已经锁定了。"

115

袁响局长微微动容,案件终于有了突破性进展:"谁?"

警员凑近,报告了嫌疑人的名字。袁响局长侧头问:"黄以民呢?"

警员道:"以民支队长已经在逮捕嫌疑人的路上了。"

18 密码

唐安满头是汗，他不停看表，时间已经过去了一半了，警队的同事们似乎还没有追查到"贝壳"的幕后人士。对于这种人工智能来说，只要控制了设计者，基本上也就宣告了案件的结束。

设计者一般都有远程控制设备，就像高智斌的腕表一样，能远程对艾尔集团的所有智能设备进行操作。

如果抓获了设计者，自然可以远程把"贝壳"关掉！第100层的悬空数字倒计时没有熄灭，说明"贝壳"还在工作，还在执行着倒计时的任务。

它的任务极其恐怖：3个小时后如果打不开密钥，将炸毁大楼。

唐安已经见识过大楼的智能设备，是足以把爆炸控制在最小的伤害范围的。他担心的是，既然"贝壳"可以接管这个大厦，那么它关停所有智能防护系统，也是轻而易举的事。一旦这些智能防护系统哑火，前两次烈度的炸弹，将会让这个摩天大厦出现灭顶之灾。

他所在的第100层的服务器机房，是唯一一个无法断开电源的地方。他尚不知道整个摩天大楼已经成为一片漆黑，他几人所在的地方，是唯一的光亮。

这一点光亮被全世界关注。

这所摩天大楼曾获得了诸多美誉，号称"世界上最安全的楼""无惧任何危险的摩天大厦""人工智能与建筑设计结合的典范",它具备上百个独立的人工智能,来守卫大厦安全。

可是,此刻它却深陷危险之中。

人工智能绑架整个摩天大楼的消息已经传播开来。

各国媒体都聚焦到了这个小小的坐标之上。

外界的所有猜测、质疑、分析,通通和唐安无关,此刻他处于完全和世界隔绝的状态。

他已经尝试了所有方法,他脑力几乎耗尽。

宋妍所学远逊于他,更没有办法插上手来。

徐晓急得团团转。从情感上来说,她和那些守卫这所大厦的人工智能不一样,她热爱这所摩天大楼,她绝对不允许自己看见大楼崩塌。当然,她的热爱,源于对高智斌的爱。这是高智斌的设计。

艾尔集团真的广泛涉足了所有行业,除了当年救治唐安的医院之外,还包括建筑领域。

高智斌的腕表已经送到了唐安手上,他已经将腕表作为接入工具,连上了"魔镜计划"的服务器,可是他却仍然没有办法打开它!

他穷尽了所有办法,额头满是汗。他听见自己剧烈的心跳声。

为什么是我?

为什么认为我能解决这个难题?唐安猛地脑中一白,令他惊讶的还有另外一件事,为什么刚才自己会去尝试输入当年自己车祸的日期?

他猛地发现,自己的大脑思维根本没有想过要去尝试将自己车祸的日期输入电脑!像是有人在操纵自己大脑一般。

这叫什么?成语里叫"鬼使神差"。那么,这里的"鬼"是谁?

唐安突然全身发颤,他发现自己一直以来忽略了一个恐怖的事,那就是,他根本完全想不起在艾尔医院治疗的细节!

像是科幻电影里,有人洗去了他的记忆。

他记得当时他问过医生,医生告诉他,有的人遇到极大的创伤,在大脑意识里会选择对这一段记忆进行抹除和屏蔽,这是正常的。

可是唐安现在意识到了问题所在,如果说是因为伤痛而不愿意面对的大脑自我保护机制,那么为什么自己记得清发生车辆撞击的所有细节,而独独对医院治疗的细节全然不知?事故发生的时刻,才是最大的创伤和疼痛。

唐安又捋了一遍,是了,确实是这样,自己从来没有意识到这一段记忆的丢失。他记得事故发生,记得如何出院,唯独记不得在医院的所有细节。按理说,高智斌看在李大勋教授的分儿上,调动了先进的医疗手段来帮他治疗,又免除了庞大的医疗费用,他应当心存感激才对。可是,他的记忆里,怎么就对这个事如此模糊?当他努力回忆在医院的任何细节,他脑中只有空白!

刚刚为什么自己会突然想起要输入事故的时间、地点?这绝对不是自己黔驴技穷之后的胡乱尝试。

这是自己潜意识的举动!

这个潜意识源自何处?

暮地,唐安头痛起来,他抱住头,感觉头要裂开一般。宋妍和徐晓不停喊着他的名字。唐安难受极了,他为了破解高智斌的密码,穷尽了所有脑力。当大脑极度疲惫时,平日被忽略的信息就慢慢显现出来。

在高智斌的那次讲座上,有一个嘉宾发言环节,讲座的嘉宾正是德高望重的李大勋教授。李大勋教授当时打了一个比方:"大脑就如同一个巨大的物理储存器,可以'写入',也可以'读出',有的数据存储很明显,有的数据储存很隐蔽,有的数据是人们想要忽略……"

唐安当时举手提过问:"老师,我觉得大脑和存储器还是有区别,存储器可以写数据,也可以删除数据,人的大脑可以写数据,难道还能被他人删除数据?"

李大勋教授神秘一笑:"大数据时代来了,谁说大数据只能是电子数据呢？人的思维、人的行为特征，不也是数据吗？"

想到这儿，唐安不寒而栗，"贝壳"背后的敌人，对高智斌极其熟悉，甚至比高智斌还要强大。自己和高智斌只有过这么简单的、模糊的交集，如果他被选中来破解高智斌的密码，那么在这个密码背后，一定有一个可怕的事件，是关于自己的！而自己大脑中的这个信息，却如同存储器里的数据一样，被删除了。

车祸后这么多年，唐安第一次发现自己的记忆缺失，这种知道自己记忆丢失，又想不起丢失了什么的感觉，真是极其难受了。

唐安定了定神，他内心雪亮，刚刚那一次"鬼使神差"地输入密码，把自己的车祸时间、地点，转换成密码去尝试破解，并不是自己胡乱操作，而是自己的潜意识在指挥自己。

高智斌来学校做讲座，大谈大数据之道。讲座后的PM4:00，唐安在校外遭遇车祸，送往艾尔医院进行救治。

那一天，已经过去了很久，世界已经发生了巨大的变化，但是唐安此刻内心激荡，一定有什么记忆，是停在了那一天！

2025年2月1日PM4:00，到底发生了什么事？

高智斌收藏的所有手表，为什么都是指向PM4:00？

19 波特公司

"据最新记者报道，发生在海港城的智能大厦内的人质绑架案，已经确定为一起人工智能'失控事件'。经过警方的营救，目前大部分人质已经脱离危险，只有少数人质还困在大厦之内。有关专家表示，人工智能失控，并非个案，但类似如此恶性的攻击行为，尚属首例。海港城市委书记接受采访时表示，当前海港警方已经启动多种预案，有信心解决这次失控事件。截至记者发稿，海港警方已经成功营救 7 名人质——海港融媒体中心·全球要闻频道为您报道。"

"下面播报一则简讯，正在中国海港城发生的'人工智能劫持人质事件'已经有了新的进展，中国警方成功与失控的人工智能谈判达成一致，解救了被困第 98 层的部分人质。人质情绪稳定，存在轻微伤情，系爆炸时躲避所致。全美人工智能协会首席专家汤姆·克鲁斯指出，中国海港城的智能大厦，是全球最智能安全的摩天大楼，面对爆炸或者火情，可以激活上百项安全设置，从而降低伤亡率——以上稿源来自美联邦新闻局驻中国海港城记者站。"

欧阳宇正仰坐在他的办公沙发上，这沙发采用人体力学设计，包裹感很强，里面配备有一套智能系统，可以测算什么样的沙发形态能最大程度缓解使用者的疲惫。

沙发对面，是巨大的电视投影，里面播放着来自各地对此次绑架事件的报道。

在欧阳宇的面前，是宽敞、明亮、巨大的落地玻璃，他透过落地玻璃，看着已经熄灭了灯光的智能大厦。智能大厦灯光熄灭的那一刹那，他内心有着说不出的滋味。他和高智斌是多年宿敌，他做梦都恨不得掐灭对方，可是当他看到代表高智斌艾尔集团的智能大厦灯光熄灭时，内心的落寞突然全都跑了出来。

灯光熄灭，象征着"高智斌帝国"即将灭亡。

而欧阳宇的"蓝地帝国"，将会因为没有对手而陷入无比寂寞的状态。

这可怎么能熬！欧阳宇是个喜欢刺激、喜欢挑战，又极度自负的人。

落寞过后，他内心又有一丝不忿，高智斌帝国即便是消亡了，可是他在全球的影响，似乎也像精神旗帜一样存在着。

欧阳宇又细细品味了一下刚刚那条新闻，骂骂咧咧道："'全美人工智能协会首席专家汤姆·克鲁斯指出，中国海港城的智能大厦，是全球最智能安全的摩天大楼'？谁告诉他高智斌的设计是全球最智能？谁告诉他的？问过老子吗？这什么专家，'汤姆·克鲁斯'？不是拍电影的吗！美国怎么什么人都能客串！"

掌握到主人收听这条新闻时的情绪不佳，智能电视自动将新闻切换进入了下一条。

"当前，失控的人工智能已经关停了智能大厦所有智能安防设置，而尚有人质困在第100层。面对恶化的情况，警方正在积极采取措施，疏散人群，以防崩塌伤害造成的巨大人员伤亡和经济损失——亚兰达新闻为您报道。"

"人工智能到底可靠不可靠？瑞典智能汽车协会发布一则公告称，高智斌所属的艾尔集团，疑似违反人工智能开发公约，违规操作，造成了这一次人工智能失控的灾难——北欧自由媒体联盟报道。"

欧阳宇抓起电话，叫来秘书："去帮我把这个胡说八道的媒体收购了！"

秘书看了看刚刚投影上的列表，一愣："老板，您是说哪一个？"

欧阳宇冷冷道："难不成我让你去收购'美国新闻局'？"

秘书吓得噤若寒蝉，快速退了下去。

"另外，叫赵虎准备一下，陪我外出。"

秘书生气地走进电梯，用力狂拍投资部所在楼层。她快步走进投资部，给投资部的主管下达了刚刚欧阳宇的命令："马上收购这家胡说八道的媒体！"

几分钟后，"北欧自由媒体联盟"所属的瑞典"波特通讯与传媒公司"的股票，遭遇来自中国不明买家的大额资金买盘。股权不断流入他人手中，"波特通讯与传媒公司"立刻慌了手脚。

欧阳宇的电话响了起来，他一挥手，电话接通，秘书汇报，已经按照老板的指示对那家媒体公司的股份进行收购，同时为了规避恶意收购的法律禁止条款和国际公约，投资部设计了一套分多次、分多头吃入那家媒体公司的股份的方案，但是这些方案的背后都向被收购方透露出幕后老板正是蓝地集团！

"老板，现在您可以打电话告诉他们的董事局，自己才是控股人。西方人讲契约精神，您可以运行这家公司了。"

欧阳宇道："谁说我要运作这家公司了，这家公司市盈率难看得要死，不过，我确实有话要对他们董事局说，帮我接通电话。"

秘书接通了远洋电话，"波特公司"目前正焦头烂额应付恶意收购的事。

视频电话接通，双方在智能网络里确认了彼此的身份。面对恶意收购者，波特公司的董事局代表立刻紧张起来。

欧阳宇用一口流利的英语告诉对方："我是欧阳宇，蓝地集团的老板。"

对方回了一句："您是蓝地集团的总裁？"

欧阳宇大口吸着烟："不，我这里没有'总裁'，'总裁'的上面还有董事局、股东会、监事会一堆乱七八糟的东西，我这里只有一个'老板'！"

对方显然被欧阳宇这种气势镇住，这可不是疯子，这人在一段时间完成了对"波特公司"的股权结构袭击，这是超一流的高手。

欧阳宇和高智斌不同，欧阳宇是靠金融资本起家的，他不光熟悉各种资本世界的规则，还熟悉各种算计里的人性。

"现在我也是你的老板！"

对方有些惊慌："先生，您还有许多法律程序没有履行。"

"不需要，股权结构上你们能看懂就行了。这么死板，等我履行完法律程序，你就可以滚蛋了。"欧阳宇道。

"波特公司"董事局代表愣了两秒钟，问："老板，需要我做什么？召开董事局会议吗？"

欧阳宇厌恶地挥挥手，道："我没那个心思，我现在就要你做两件事，这事很重要。"

对方神情凝重："请说。"

"把那个胡说八道的记者炒了！把那个提问的记者炒了！"

前者是报道称"高智斌涉嫌违规操作"的记者，后者是在高智斌演讲现场提问难缠的记者。这两名记者，都来自"北欧自由媒体联盟"，而"北欧自由媒体联盟"是"波特公司"旗下的产业。

"是、是，我马上办。"

欧阳宇气也出了，便挂了电话。

他知道"波特公司"的老底，这家传媒公司，背后是北欧几家重量级的智能汽车企业。由于高智斌杀入北欧市场，造成市场的竞争加剧，竞争对手便紧紧抱团起来，抵制来自中国的智能企业艾尔智能集团。这家媒体受雇于这些大资本家，专门充当吹鼓手，不遗余力抹黑艾尔智能。欧阳宇随后也率领蓝地集团进军欧洲市场，不过由于高智斌吸引了对方的头部火力，他的蓝地集团反而没有受到太多抵抗。

欧阳宇这样的人，丝毫没有觉得自己不受抵抗是件庆幸的事："他们把高智斌当对手，没有把我当对手，就是看不起我！"

至于什么"波特公司"，什么"北欧自由媒体联盟"，欧阳宇老早就看不惯了，高智斌是老子的对手，你们掺和个什么劲！

区区一个波特公司算得了什么，赵虎当年的"虎力股份"号称有"亚洲七子"帮他操盘，还不是一样被欧阳宇在市场上打得趴下。欧阳宇的投资部，随便拎一个人出来，都是"扫地神僧"。

"咦？赵虎呢？"

秘书回答："赵总出去了。"

"去哪儿？"

"他走得急，没说，不过我看了一眼他的智能汽车里的云数据，设置的路线是回泗角岛他的别墅去了。"

"泗角岛？听说前天警方在泗角岛抓获了杀死艾尔集团技术总监刘强强的凶手马铁。"欧阳宇微微皱眉。

秘书道："是的。"

"泗角岛这个名字，就不是个好名字啊，老赵住哪儿不好，偏生要在这个地方买别墅。"欧阳宇又道，"你为什么要看人家的数据？"

秘书低下头："我……"

"嗯？"

秘书镇定下来，道："我作为蓝地集团的行政管理人员，对蓝地集团的高层人员的衣食住行都要关照，随时为其提供服务。所有蓝地集团的员工入职书里都作出了隐私数据使用承诺，我可以代表公司读取他们的数据。"

"答得不错，无论谁问，你都要这样答！"欧阳宇满意地笑了，"你可不能告诉别人，我让你监视赵虎。"

秘书猛地点头。

这世界上，最复杂的，一定不是人工智能，而是人心。

125

20 嫌疑人赵虎

此刻的赵虎已经从泗角岛的别墅中外出,他换了一身黑色夹克,戴上了棕色的墨镜。他似乎很久都没有回复到当年的那种彪悍劲,这一切都因为他在欧阳宇手下压抑得太久了。

他在自己的地下车库,换下了刚刚开回来的智能汽车。他拉开了其中一个车库的一张幕帘,一台老式的玛莎拉蒂汽车赫然再现。

他年轻的时候特别喜欢汽车,他的父亲以前是汽车修理师,从小他就对各种汽车着迷。赵虎在得势的时候,收藏了许多汽车,他始终觉得,智能汽车固然便捷,可是却少了许多汽车驾驶的乐趣。

虽然现在智能汽车大行其道,可是赵虎依然在自己的地下室里保持着搜集汽车和改装汽车的场所,这就像是一个大男孩的玩具乐园。

此刻,他放弃了智能汽车,重新坐上了老式汽车。点火的那一瞬间,发动机轰鸣的嘶吼让他血脉偾张。他仰头坐在驾驶座椅上,挂挡,轻轻点了点油门,强烈的推背感让他快速兴奋起来。

玛莎拉蒂从地下室驶出,快速驰向泗角岛东南面的一个私人机场。那里有他当年"虎力集团"的旧部费南,费南已经帮他安排好了一切,只要他乘上飞机,就可以飞往北欧。他虽然没有欧阳宇那样把私人飞机停放公司顶楼停机坪的待遇,可是要安排一次紧急私人飞行,并不是难事。

就在玛莎拉蒂汽车驶出地下室后不久,刑警大队长蒋政带领着人手冲进了赵虎的住处。留在蒋政眼前的，是一个乱七八糟的书房、衣柜、开着门的保险箱、开了瓶喝了两口的伏特加，还有一台大功率的超级电脑。

蒋政快速对现场做出了判断，赵虎已经抢先一步带了随身的物品，开始跑路了。

和蒋政一起行动的数侦大队长金在宇立刻命人检查了电脑的情况，电脑里的所有数据已经被拷走。

金在宇一摸电脑主机，道："嫌疑人没有跑远！"

金在宇的步话机里传出话声："大数据中心通报，交通数据里采集到目标房屋在5分钟前有一台汽车驶出，正沿着N9公路向东南方向行驶。金大队，数据已经接入您和蒋大队的警务电脑。"

"我找到一条拦截他的捷径！跟我来！"金在宇快速行动起来，从数据分析来看，他找到一条拦截赵虎的捷径。

"通知沿路警力，对目标车辆实施拦截。"蒋政一边往外走，一边呼叫支援。

追击队伍快速行动起来。赵虎的嫌疑已经被印证。

"我来。"金在宇抓住车门把手。

蒋政盯着他："是不是要和我抢？"

他二人斗了许多年，往往在关键时刻都想占据主动。

金在宇道："此刻我是组长。"

蒋政道："对！组——长，哪里有组长亲自开车的！"

蒋政一把拉开金在宇，跳进驾驶室："嫌疑人驾驶的是一台跑车！我来追！"

蒋政在升任刑警队长之前，做过一段时间特警班里特种驾驶的教官。

金在宇愣了一愣，跳进副驾。他内心五味杂陈，他本来是出身刑警大队，和蒋政竞争未果，才设法调整到了数侦部门任职。二人较劲多年，互相不服，他一直认为自己论才能不比蒋政差，可是为什么蒋政总能胜过他？

127

此刻，金在宇终于明白，外表冷酷的蒋政真的比自己强。

就在陶释和孔秀哲正在营救人质的时候，秘书向袁响局长汇报，黄以民通过各种技术攻坚，把收买马铁的暗网账户查到了。

黄以民给袁响的电话报告里说："这个账户是匿名注册，只使用过几次。最早的一次使用，是'虎力集团'和欧阳宇斗法的时候。欧阳宇在资本市场上收购赵虎的股份，赵虎架不住欧阳宇的连环拳，这个账号在暗网里买过一次凶，目标是欧阳宇。"

"啧啧，这样的人，欧阳宇还敢留在身边？"站在袁响身边的孔秀哲不由得皱起了眉头。

袁响长出一口气："暗网啊，就像是我们看见的冰山，水面上的山体看起来不大，可是水面以下，却是什么都有。要治理暗网犯罪，你还要努力才是！"

孔秀哲低头称是。

袁响又问："这个匿名账号买凶要杀欧阳宇，也不一定能锁定赵虎啊。"

黄以民道："光是买凶杀欧阳宇，固然不能证明是赵虎，这欧阳宇嚣张跋扈，仇家不少。可是，这个匿名账户还曾帮人转过一次资金，资金流向了开曼群岛一家公司。"

"想必这家公司股权结构很复杂。"

"对。"

袁响目光如灼："不过，再复杂的公司结构，也经不起大数据的匹配分析。"

黄以民在电话那头一字字道："正是，所有的数据匹配，都指向一个幕后股东。"

"谁？"

"赵虎。"

袁响沉吟半响，问："赵虎自己实施了犯罪？"

"不，使用这个暗网账号的人，不是赵虎，可是根据人际关系数据库匹配，此人是赵虎的心腹。"

袁响问："这人在哪里？"

黄以民道："此刻已经落网，此人劣迹斑斑，已经供出了赵虎，并交出了相应证据。"

"你们的人在哪儿？"袁响问道。

"金在宇和蒋政已经在去泗角岛的路上了。"

袁响收了线，对孔秀哲道："别光是追查赵虎，派人去盯住欧阳宇。"

赵虎的出逃，让所有人都大吃一惊，这人动作可真快。

他此刻正快速奔向东南角的私人机场。他看了看表，应该还有二十五分钟。

蓦地，他发现在他身后的小路上，飞快杀出两台警车。

来得好快！

赵虎握紧了方向盘，开始亡命飞奔。

在山路之上，三车快速追逐。

"前面的人听着，马上停车。"

赵虎冷冷一笑："你开什么玩笑！老子这可是跑车！"

赵虎的车像一道白色的幽灵一样，快速在盘山路上行驶。

蒋政喊了一声："坐稳。"

蒋政一拉方向盘，车技精湛，已经快速追了上去。

"盘山公路上，再好的跑车，速度也有限。"金在宇道，"必须在山路结束前，拦截他！"

蒋政道："废话！"

"我来帮你看路！"金在宇打开数据地图，"提前准备左转向，弯度系数18，坡度25，车速140，需要刹车。"

蒋政一打方向盘，冲了上去。两台警车，已经只剩蒋政驾驶的车辆紧紧咬住赵虎的跑车不放。

"提前准备右转向……"金在宇继续协助蒋政驾驶。

速度太快,山路太复杂。人的大脑在驾驶时的反应速度有限,往往看见路况之后,再进行反应,都会影响车速。这也是为什么山地汽车大赛里,驾驶员的旁边会配备一名协助队友,提前提示道路状况的原因。

不过,这一次,蒋政和金在宇可不是在比赛,这是在追凶!

蒋政和金在宇往日的默契再次被唤醒,蒋政的车技发挥到了极致。

"离61公路还有10公里,离61公路还有10公里……"警车里的智能设备开始播报路况。

泗角岛的61号公路,是一条平坦宽阔的大公路,换言之,如果赵虎的玛莎拉蒂一旦跑入这样的宽阔大道,后面的车辆将很难追上他。

"不好。"蒋政额头渗出了汗。

"山路上,尚能凭车技追击对方,如果是开阔路面,恐怕很难追上专业跑车。"金在宇道。

"呼叫直升机支援!"金在宇抓起了步话机,车辆的甩动让他已经失去平衡。

"坐稳了,老金。"蒋政直直地盯着前方,明知道不可为,他也要一试。

金在宇和蒋政二人斗了许多年,此刻在一台车上追凶,想起当年二人共同在刑警大队当普通刑警的时日。已经过去了许多年,没想到二人已经走上领导岗位后,居然一起身先士卒,二人不由得热血上涌。

"呼叫直升机!呼叫直升机!"

"直升机来不及!"蒋政大喊,"罗兴东你死哪儿去了?"

蓦地,一台警车从斜里冲了出来,驾车的正是蒋政的下属刑警罗兴东。

罗兴东的车绕了一个近路,已经抢到了前面!

罗兴东将车打横,举起了手枪:"停车!"

61号公路就在眼前,赵虎得意地看了看背后的来车,笑道:"速度才是王道。"

"不好！快闪开！"蒋政大喊。

赵虎一低头，快速提高挡位，跑车发出剧烈的轰鸣。

"砰砰"罗兴东开枪。

"快闪开！"金在宇心都提到了嗓子眼，赵虎要强行撞击拦截车辆。

只听一声巨响，罗兴东只觉天旋地转，车辆被撞开老远。

"救人！"蒋政紧急刹车，停在罗兴东车辆面前。

赵虎的玛莎拉蒂冲进了61号大道，瞬间跑得没影。

"速度才是王道。"赵虎摇下窗户，点燃一根烟。他有一些心疼，自己私藏多年的车，现在估计是没有办法修复了，这可是绝版跑车。

"不过没事，等过了这一阵，总能找到更好的车。"赵虎自我安慰道。

61号大道直得像是一条通往天空的平行梯。受损严重的玛莎拉蒂，快速沿着这条天梯，驰往尽头，那里的私人飞机已经准备好了一切。

几分钟后，赵虎抵达了私人机场，他的心腹费南已经候在了门口。这座私人机场是"虎力集团"最后的堡垒，在欧阳宇对赵虎进行的大规模收购中，他把这座机场转到了开曼群岛的傀儡公司名下。

费南是奥地利人，过去跟着赵虎创业，为人颇为贪婪。对于赵虎来说，有缺点的人，正是他能使用的人，要是一个人没缺点，赵虎怕是不敢信任他。

赵虎投靠欧阳宇麾下之后，也从来没有放弃过悄悄打造自己的暗网王国。费南就是他的"手套"。暗网的世界里，费南帮他做了不少事。费南本身就是黑客出身，段位超群，在暗网之中犹如暗夜猎手，为雇主赵虎做些见不得光的事。

高大的费南走上前去，给赵虎拉开了车门。

赵虎递给他一支烟："飞机准备好了吗？"

费南用蹩脚的中文，说道："虎哥，准备好了。"

赵虎从口袋里掏出一个移动存储设备,他正要给费南,忽又停住:"算了,我自己带去瑞典。"

"上车吧,时间不多了,虎哥。"

在费南的指引下,赵虎的车快速开到了停机坪。

那里有一个小型的私人客机停放。

赵虎登上舷梯,他回头看了一眼熟悉的城市,终于要到离开的时候了。他不知道从哪儿看到的这个句子:城市如泥潭,我浑身逆鳞,游弋其中。

刚刚赵虎本来是要把硬盘给费南的。这个硬盘里,是赵虎这些年指挥手下许多黑客,搜集到的各种数据。这个数据体量,虽然比不上高智斌的"魔镜计划",可这也是一笔巨大的财富。

费南的团队在窃取各种数据库的战役里,立下了汗马功劳。费南已经联系好了买家,将这份涉及甚广的数据卖出。

当然,利用在"蓝地集团"里的便利,赵虎早已把欧阳宇的数据储备搞到了手。

"到头来,他果然还是信不过我。"费南看赵虎的神色有些复杂。

费南是赵虎创业的元老了。欧阳宇打击"虎力集团"之后,费南又转入地下,率领团队和赵虎建立了在暗网世界里的数据王国。

除了欧阳宇和"蓝地集团"的核心商业机密的数据之外,赵虎和费南搞到的这些数据里有两样最值钱:一个是世界各国军火商的交易账户,还有一个是中东各国政要的离岸账户。

这些账户有多重要,说起来有点玄乎。在地下数据黑市,一项数据能卖多少钱,就表明了这项数据的重要性。

这两项数据,足够赵虎东山再起,和欧阳宇在资本市场再打一场硬仗!况且,赵虎这些年还窃走了欧阳宇的核心数据,胜算已然颇大。赵虎这样不守规矩的人,才不会甘心寄人篱下。

此刻赵虎就要飞赴他国,完成这一场盛大的交易。费南是他核心团队里最重要的人。费南用蹩脚的中文说:"跟着你打天下的兄弟们,一直在等着你卧薪尝胆,东山再起,卷土重来呢!"

当年的"虎力集团",还是费南取的名。费南当年来中国,是个中国文化迷,他热爱中国古典文化。他看到经典文学著作《西游记》里有一章车迟国孙行者与"三国师"斗法,里面的"虎力大仙"这个名字甚是威武,于是便建议和赵虎的技术团队,取名叫"虎力",也就是"虎力集团"的技术团队前身。

赵虎本意是把数据交给费南,可是他又转念,这么敏感的数据交易,最好还是飞过去当面交易。让费南网络传输,万一被拦截了怎么办?自己已经被警方盯上了。

赵虎踏入机舱,舒服地坐上自己私人定制的座椅。飞机舱门关闭,灯光变暗,起飞前的发动机声音让他感觉有些嘈杂。

他呼叫飞机上的人工智能,需要一点酒水,他打算好好睡一觉。人工智能回复他:"泰格(Tiger)先生,晚上好。您喜爱的啤酒,马上就到。"

赵虎看了一眼窗外,警察是不可能赶上来了,飞机即将起飞。赵虎的手机响起,一个瑞典的电话打了进来。赵虎一喜,这是联系好的买家。

他正要接起,蓦地一个男声从飞机里传了出来。

"别接了。"赵虎一惊,这可不是机长的声音。机长是他自己挑选的熟人。

幕帘拉开,黄以民带着几名干警站在面前,临渊峙岳一般的气势,足足把赵虎压倒。

黄以民内心有一丝兴奋,终于找到了幕后主使,他看了看表,时间绰绰有余,只要控制了他,就有办法让他停止那个人工智能"贝壳"。

机器人从旁边端上了啤酒,黄以民一挥手拦住了它。

"您的主人现在不能饮酒。哟,还是德国进口。"

黄以民走上前,道:"赵老板,黄某已经等候多时了。"

赵虎试探着道:"我今天哪儿来的面子,把鼎鼎大名的黄支队邀请过来了?"

黄以民道:"赵老板谦虚了,你不仅有面子,而且面子很大,来了两个大队长都请你不动,轮到我亲自来请你。"

赵虎看了看窗外的费南,费南已经不见了。暗网匿名账户的使用者是费南,黄以民先前捕获的就是他。面对警方的审讯,费南几乎没有任何抵抗就交代了幕后的赵虎。

从费南为赵虎安排私人飞机开始,这就是一个局。

黄以民道:"不用找他了。费南配合警方工作,已经立功了。"

赵虎的手机兀自响个不停,他却不敢去接。他脑中飞速在盘旋,该如何脱身。赵虎猛地抓起口袋中的硬盘,向飞机舱壁砸去。毁掉证据,尚有回旋余地!

黄以民扑上前去,按住赵虎。赵虎挥拳反抗,猛地将手上的硬盘砸向黄以民的头部。黄以民侧身一闪,右手已端住他的手臂。

干警正要涌上,黄以民一挥手阻止,别混乱中砸坏了这个重要的硬盘。

黄以民心中恼怒,这王八蛋搞出这么多事,现在那个失控了的人工智能还在智能大厦里为非作歹,他竟然还敢拒捕。

黄以民这些年官居要职,可是身手却没有落下,对付赵虎这种角色,根本不在话下。

赵虎再度挥拳,黄以民抓住他的拳头,用力一扭,往前一带,赵虎就被带翻在地。黄以民一挥手,干警上前利索地将赵虎铐了起来。

黄以民拾起硬盘,道:"你可以保持沉默,但是我需要告诉你两件事。"

"什么?"

"第一,你涉嫌的罪名很大,想轻判的话,就想清楚该怎么配合警方!"

黄以民顿了一顿："第二，你这个电话还是不接的好。"

赵虎愤怒道："为什么？"

"若是你接了，只怕要气死。"

"你他妈的说什么风凉话。"赵虎吼道。

黄以民把赵虎扔给下属押解，笑道："欧阳宇是不是给你说过一句话？"

"什么？"

黄以民一字字道："他说'自负的人，往往是聪明人，如果挑战警方，就不是自负，而是狂妄！'你比欧阳宇——差远了。"

赵虎瞪着黄以民，道："要给我定罪，恐怕还少了些火候！"

"你是不是以为我们拿不到你和瑞典这家公司非法交易数据的证据，就拿你没办法？"

赵虎不说话，来了个沉默对抗。

黄以民举起赵虎那部正在振动不停的手机，说了一句话，几乎将赵虎钉在了原地。

"欧阳宇已经买下了你的买主——波特公司。"

什么？赵虎几乎不相信自己的耳朵。难道这些年自己的动作，都在欧阳宇眼中？

"不信？"

黄以民按下了接听键。

电话那头，波特公司的董事局代表用一口流利的中文告诉赵虎："泰格先生，很抱歉地告诉你，董事局新任主席欧阳宇先生郑重地通告，停止一切违法交易！"

赵虎两眼直勾勾地看着远处，他还是斗不过欧阳宇。

欧阳宇能告诫他停止交易，多半已经将波特公司和他这些年往来交易的证据，检举给了警方。

黄以民盯着赵虎道："现在告诉我，该如何关掉那个发疯的

135

'贝壳'？"

赵虎口中喃喃道："你们以为欧阳宇就是一张好人牌？"

黄以民回头道："你若想检举立功，回警局去说！快说！该如何停止那个人工智能！"

赵虎喉咙咕咚一声，咽了口水，他似鼓起巨大勇气，说出一句话来，这句话让黄以民浑身一颤。

他一字字道："那个人工智能不是我设计的！不是我！不光是智能大厦，欧阳宇还想毁灭智慧城！"

黄以民抓起了赵虎的双手，快速搜查他的全身。

没有！

没有操纵设备。

像"贝壳"这样的人工智能，具备极高的智力，设计者必须把可以操纵它的智能设备随身佩戴，这样才能灵活操作，如臂使指。就像高智斌随身佩戴的腕表，可以远程操纵艾尔集团的所有人工智能一样。

赵虎身上没有任何设备。

机场昏黄灯光映照出黄以民冷峻的脸。他看了看手表，离"贝壳"定下的爆炸时限，已经越来越近了！

赵虎不是"贝壳"的主人？那是谁？

21 艾尔医院之谜

生死时限确实越来越近了!

唐安急得团团转。徐晓和宋妍已经尝试过许多方法从大楼里出去。

可是无论她们如何尝试,都没有办法打开封闭起来的门禁系统。"贝壳"这一段时间根本没有理会她们,仿佛是知道无论如何努力,他们都已经没有出路。

所有的门禁已经锁闭。当他们进入第100层的时候,自第100层以下,所有的出入口,也就锁闭了。救援直升机一旦靠近,"贝壳"就会判定警方"犯规",就会启动炸弹。

在400多米的摩天大厦之上,可谓"上天无路,入地无门"。

三人折腾累了,瘫坐下来。

唐安心中思虑,一定是有什么记忆丢失了,而刚才为了破解高智斌的密码,他努力去回忆和高智斌的交集,这些局部记忆又被某些偶发事件触发了。那个鬼使神差的密码输入,不是他的大脑思维指挥,而是他的潜意识指挥。

"2025年2月1日下午4点,艾尔集团是不是发生过什么事?"唐安问。

徐晓奇道:"你问这个干什么?"

唐安摇头:"我也不知道,可是我就是觉得一定是有什么特别的事!"

徐晓眼睛瞪得大大的，道："我有公司年鉴！"

通过徐晓的静脉和指纹认证，她迅速启动了服务器里存储的公司电子年鉴。唐安和宋妍凑了上来，三个脑袋围着电脑屏幕，这可是高智斌帝国的"史记"！

徐晓检索了2025年2月1日的时间，电脑快速跑了起来。

"没有。"徐晓盯着屏幕，"2025年2月1日对于艾尔集团来说，是个非常平常的日子。没有合同，也没有重大业务……哦，对了，高总的指令里，有一条是关于调动艾尔医院的智能设备，抢救一位……"

"这人就是我。"唐安道。

"你们公司的年鉴可真是事无巨细。"宋妍道。

"艾尔集团是大数据和智能领域的公司，它的所有运行轨迹，本身就是一种数据。这些数据会自动记录下来，成为公司向未来发展的参考。"徐晓解释道。

唐安道："这一次对我的医疗，对于艾尔集团来说，有什么重要意义吗？"

徐晓再次检索，并浏览了整个一年的大事记，道："2025年前后，艾尔智能开始逐渐延展到许多产业，比如医疗领域，艾尔集团成立了艾尔医院，将人工智能运用到医疗领域之中。根据年鉴记录，在2月1日这次医疗中，艾尔集团第一次成功实现了'零人力'的全程医疗。"

"也就是说当年给唐安诊治的，全是机器人？"宋妍道。

"对。"徐晓点头。

唐安挠头道："既然是这么新奇的事，我怎么会一点印象都没有？"

宋妍道："会不会你当时昏迷过去了？"

唐安道："昏迷也是一时，可是我却连整个数月的治疗过程，都记不得了。"唐安面色越发痛苦，记忆丢失，真是让人头痛。

徐晓道："你在怀疑什么？"

唐安道："为什么'贝壳'会选中我来破解高智斌的密钥？"

宋妍道:"莫不是你和艾尔集团之间,存在某种联系?"

"我和艾尔集团之间的联系,恐怕就是那一次手术了。"唐安又道,"对于艾尔集团,我和你一样,今天还是第一次登门造访,就遇上了这么大的事儿。"

徐晓来回走动起来:"腕表接入服务器之后,依然无法打开密码……'魔镜计划'的密码除了物理加密,还有数字加密。"

蓦地,唐安脑中灵光一闪,他忽然意识到三人陷入了一个惯性思维之中。

唐安道:"我觉得有个问题很奇怪。"

宋妍问:"什么问题?"

唐安道:"任何数字密码,无非就是数字、字母、字符等构成,只要时间足够,计算能力够强大,是可以挨个试它们的所有组合,把它们撞开的。"

宋妍道:"过去要破解一个32位的密码,需要超级计算机运算许多天,才能把一起字母、数字、字符可能的组合都穷尽,但科技发展到了今天,数字密码可以使用许多攻击工具进行超级破解。所以高智斌这样的人,不可能采用这种'穷举可破'的方式,来保护他最隐蔽的秘密。"

唐安道:"而且最重要的是,犯罪嫌疑人如果能通过穷举攻击,破解他的密码,也就不用搞出这么大动静了。"

宋妍道:"那么,这个'魔镜计划'打开的关键,还在于它的物理密钥上。"

唐安面色凝重,道:"我们已经拿到了腕表,是么?"

徐晓道:"是的。"

唐安道:"可是这只腕表接入服务器之后,却没有什么反应?"

宋妍道:"岂止是没什么反应,根本一点反应也没有!"

徐晓奇道:"是啊,这是为什么呢?"

徐晓调取出了腕表的后台数据。如果说这只腕表是物理密钥,接入服务器后，后台数据是会发生变化的。

唐安长吸了一口气，像是在问自己，又像是在问别人："会不会搞错了？"

徐晓和宋妍惊觉地看着他，宋妍沉声道："你的意思是，腕表不是物理密钥？"

腕表不是物理密钥？那物理密钥在哪里？

"不可能！"徐晓表示反对，"这只腕表是艾尔集团的智能中枢。"

宋妍道："如果它不是物理密钥，敌人千方百计想要搞到它，这又是为什么？"

唐安脸色变得煞白，简直没了活人的生气，他木然道："不，我不是说这个搞错了。"

"嗯？"二女大惑不解。

"我觉得我好像被抽走了2025年2月1日的记忆，"唐安有些不知道该怎么措辞，"感觉像是有人对我这一段记忆做过什么手脚。如果真是有人在我诊疗的时候做了手脚，你们能想到的是什么？"

徐晓紧张起来："'贝壳'选中你来破解'魔镜计划'的原因，难道和这件事有关。"

唐安道："是，有关。"

宋妍背心一寒，紧张地问："是什么关联？"

徐晓感觉自己的手在不停发抖，她对高智斌太了解了，她知道高智斌会做出什么样的事。

宋妍推理道："洗白一段唐安诊疗的记忆，对高智斌来说，有什么意义？那一段记忆，不过是一个车祸伤者治病的经历，就算他看见了艾尔集团当时还没有披露的各种智能机器人，也没有必要去删除唐安的这段记忆。

"相反，高智斌反而可以宣布自己艾尔集团已经成功利用人工智能实现了重大的医学突破，这可是他扬眉吐气的事。"

那么问题来了，唐安为什么会丢失这段记忆？

"人脑的记忆和电脑存储数据有一定的相似，都具备连贯性。"宋妍和徐晓对望了一眼，"如果有片段缺失，只有最后一种可能。"

唐安额头已经满是汗，他自己都没有察觉到手心已经冰冷，他说道："你说说看。"

"你的记忆不是被拿走了，而是被人替换了别的东西。"宋妍说出这话的时候，感觉自己像在说某个"天方夜谭"。

徐晓嘎声道："'贝壳'选中你来破解密码，难道是……你脑中被植入了人工智能？"

唐安面色变得十分痛苦，这太荒诞了！

"难道高智斌对唐安进行了什么奇怪的实验？这从高智斌的行事风格上，也说得通。"宋妍道。

徐晓道："那只腕表不是物理密钥？难道……"

唐安双目无神，道："你是不是要猜，这个物理密钥，就在我脑中？"

"是。"徐晓道。

"我们一定是疯了！"宋妍简直不敢相信自己和他们二人的对话。如果在2025年的时候，高智斌借着唐安就诊的时候，开展了一个奇怪的实验，造成唐安那一段记忆的丢失，那么他到底对唐安干了什么？

如果唐安脑中被植入了人工智能，他在被招录进入警队的时候，为什么没有被检测出来？

宋妍大声道："太荒诞了，难道还有比这更荒诞的事？"

宋妍看着唐安，仿佛在看一个怪物，她眼中全是不信，可是她心中却泛起种种疑团。唐安这些年的行为，总是透着股子怪异，他不喜欢和"人类"说话，他在人多的地方会感觉到很不自在，甚至感觉到恐惧。这可不是密集恐惧症，他体检一切正常，根本不是心理上的毛病。还有，他经常可以计算常人无法计算的事，领导总说他工作效率很高。他处理起数据事务，确实比同事的效率快上十倍不止。

徐晓颤声道："高总说过，终有一天，人工智能会替代人类，莫非那个时候，他就已经在试验他所谓的'新物种'？"

"新物种？"唐安突然笑了起来，他笑得前仰后合，几乎从椅子上跌了下来。笑声在狭窄的机房里回荡，他感觉自己的笑声没法得到控制，震得自己胸腔都发痛。

他拿着那只腕表，那只腕表在他手上发出莹莹蓝光。蓝光映上唐安的脸，仿佛唐安才是他的主人，他在和它进行呼应。

"这只腕表，根本就不是物理密钥。"唐安斩钉截铁地说。

他笑得接不上气，用了好大力气才止住，他问："你们是不是真的以为高智斌在我脑袋里植入了一个人工智能？"

唐安笑得让二女感觉有一些惊悚和恐惧。

宋妍道："我……不信。"

唐安道："你既然不信，为什么会犹豫？"

宋妍大声道："不管发生什么，你依然是我最好的同事，我的战友！"

唐安摇摇头，他内心的滋味说不出的苦涩。他已经知道了真相，可是真相却并不是宋妍和徐晓所猜想的那样。

"高智斌在我脑中植入了人工智能？这么容易就推理到的事，哪里叫'反转'！如果你们都能猜中高智斌到底干了什么，那么高智斌打造的这个大数据世界，还有什么意义？"

"啊？"宋妍和徐晓对望一眼，"猜错了？"

唐安看着宋妍，神色复杂："我真舍不得你！你刚刚那样说，我真是感动。"

宋妍只觉背心更加寒冷，一种不祥的预感涌上了心头，她问道："唐安，你怎么了？"

唐安转笑为哭，他眼泪滚滚流下，说了一句令宋妍和徐晓惊悚万分的话。

　　"我已经死了！"唐安呜咽起来，悲恸万分道，"你们都只是高智斌创造出来的'镜像'，这才是真正的'魔镜计划'！"

22 另有他凶

赵虎落网后,案件进展很快。

在大量证据面前,赵虎交代了自己窃取数据并准备贩卖的罪行。至于马铁失手杀死刘强强,这却是赵虎完全没有意料到的事。

"他妈的,如果这个马铁不搞出人命,我也不会被你们盯上。"赵虎丧气道。

黄以民淡淡道:"别避重就轻,说点有实质意义的。"

赵虎愣了半天:"我就收买数据,倒手贩卖,顶天就是窃密罪,我还能怎么样?"

黄以民点燃一根烟,道:"赵虎啊,你也是江湖上鼎鼎有名的人物了,有句话叫成王败寇,今天你栽在我们手里,难道心里没点数吗?"

赵虎沉吟了半天,几乎就要跳起来,道:"你不会是说高智斌的死也是我干的吧?"

黄以民看着他,一言不发,那眼神简直可以把赵虎给看穿。赵虎心里更发毛了:"别污蔑我!我哪里有那个技术实力攻击高智斌的车?"

黄以民笑了:"我都没提高智斌,你怎么知道高智斌的汽车,是被人攻击的?那你从马铁手里买下艾尔汽车的安防设计方案干什么?"

赵虎立刻泄了气,道:"因为……"

黄以民一拍桌子:"你不说不要紧,费南什么都交代了。"

赵虎道:"因为欧阳宇要这个方案!"

欧阳宇又浮出了水面。

黄以民把整个案情在脑中分析了一遍,目前从掌握赵虎的证据来看,赵虎和费南确实只是在干着非法窃取数据的勾当。马铁失手杀人,根本不是费南或者赵虎指使。

费南被捕后,交出了暗网账户的所有数据记录。根据这些记录显示,费南使用该账户和马铁联系,确实只是用于共谋窃取数据。

至于马铁第一次上交的艾尔汽车安防设计方案,在赵虎与费南通联的加密邮件里反映出来,这个方案对于赵虎来说价值并不大,不过赵虎提到"这是讨好欧阳宇的投名状"。

赵虎在欧阳宇眼皮底下,以蓝地公司在各个领域的业务为掩护,窃取了不少数据。为了让欧阳宇觉得赵虎仍然忠心耿耿,费南替赵虎去获取这份艾尔汽车安防设计方案,然后上贡给欧阳宇,合情合理。

问题是,欧阳宇要这份方案干什么?

黄以民试探地问:"你的意思是,是欧阳宇攻击了艾尔汽车?"

赵虎言之凿凿道:"只有他,只有他对高智斌恨之入骨。有了这份方案,他才能成功攻击艾尔汽车的智能中枢。"

"我凭什么信你?"

赵虎道:"我可以给你也交一份投名状!我是否可以算作检举立功?"

黄以民眉毛一抬:"那得看你检举的是什么。"

赵虎道:"欧阳宇的蓝地集团,承揽了智慧城的公共智能设施,比如轨道交通、共用飞行器等。他在这些智能设备里面,都留有后门。"

黄以民想起赵虎说的话"不光是智能大厦,欧阳宇还要毁灭整个智慧城"。黄以民倒吸一口凉气,这个疯子,不会是真的吧?

"他为什么要这么做?"

"他妒忌高智斌,他要告诉全世界,他比高智斌强,他才是智慧城

145

之主，他可以毁掉高智斌的所有。"赵虎道。

黄以民冷笑道："荒谬！"智慧城是中国政府的，他以为自己是谁？

"我可以把这些后门的位置，全部告诉警方！我搜集蓝地集团的数据中，有这些重要的信息。"赵虎又补充了一句，"您想必是听说过，欧阳宇有一句狂妄的口头禅：'大数据世界的万事万物，都可以被攻击，被接管'。"

太狂妄了，这家伙比高智斌恶劣多了。是不是和机器人打交道太久了，心理就会出毛病？

黄以民看了看表，李大勋教授告诉过他，破解黑匣子上的密码需要时间，现在时间已经到了，马上赵虎的检举就可以得到印证。

在这个案中案里，目前证据显示赵虎和费南只是海滩旁的浅海，那深海中的犯罪事实，就要揭晓答案了。

一位警员跑进讯问室，小声耳语两句。黄以民挥手让暂停记录。黄以民出门，走到角落里，翻开送来的报告。

报告里果然已经破解了锁住黑匣子的密码。黑匣子打开，一切真相都水落石出。

黑匣子的录音录像，还原了当时的所有情景：高智斌的智能汽车，被人接管。对方要求高智斌交出大数据库的密钥。随后，高智斌竭力反抗，想要切断人工智能的电源，夺回车辆的主控权。人工智能艾尔和高智斌来了一个鱼死网破。

这份报告最关键的地方在车辆冲出山体前的十几秒钟，艾尔智能说了这样一句话："我的主人说过，大数据世界的万事万物，都可以被攻击，被接管。"

这彻头彻尾是欧阳宇的口吻！

不过这还没完，高智斌在危机的最后关头，拨出了电话，要求和欧阳宇通话。欧阳宇的电话接通后，最后一次警告了高智斌。

在黑匣子里的最后一段录音中，清清楚楚、明明白白地听见欧阳宇说道:"这是你最后的机会!"

此刻的欧阳宇愣愣地望着窗外,外面是已经不再冒烟的智能大厦。

他神色复杂,他和赵虎失手了,就差一点,他就能攻击智能大厦的艾尔智能中枢,可是却被不知何方神圣,捷足先登接管了智能大厦的智能中枢。欧阳宇不由得赞叹,高智斌确实技高一筹,如果不是先拿到了他艾尔汽车的安全防护方案,还真没法下手攻击他的汽车。

他想着想着,不由得倒吸一口凉气,攻击他的汽车都如此之难,就更别说攻击他设计的智能大厦了。这"贝壳"的后面,到底是谁,这么厉害?

欧阳宇想破脑袋也想不透。

不过欧阳宇现在已经没有时间去想了,不管是谁接管了高智斌的智能大厦,他也要实施自己的计划。

他的计划很简单,就是把智慧城毁掉。

高智斌把功夫都集中下在了智能大厦上,欧阳宇却把功夫广泛撒到了智慧城的角落里。

欧阳宇的办公桌上出现一个小小的暗格,暗格里升起了一个精致的启动按钮。这个按钮是猩红色的,欧阳宇最喜欢的颜色。喜欢这种颜色的人,都有一颗躁动的心。

欧阳宇出生在一个养尊处优的家庭,从小就心高气傲。他根本就瞧不起高智斌的出身,一度认为高智斌和他之间的竞争,完全是贬低了自己的身价。

他完全没有想到,高智斌的艾尔集团能发展得如此迅速,将他的事业完全压制,使他彻底黯淡无光。他这才真正意识到,高智斌是他的毕生劲敌。

他对高智斌有着很复杂的情感,高智斌在智慧城一天,他也有拼搏发展的力量。当他听说高智斌死掉了,一种寂寞、孤独的感觉涌上了他的心头。

欧阳宇曾经对赵虎说过，智慧城就是一座棋盘，对弈的就是高智斌和欧阳宇。他不忘嘲讽赵虎，你过去也曾坐在棋桌上，不过这个棋桌却不是任何人都坐得的。

欧阳宇确实给智慧城的许多智能设备植入了后门，他可以通过蓝地集团的智能中枢控制它们。他的初衷，其实是增加自己和高智斌谈判的砝码。

谈什么？

谈"魔镜计划"。

通过这些后门，智慧城的数据源源不断流入欧阳宇的手中，这些数据可以和高智斌合作。

赵虎只知道二人是对手，却不知二人却也是合作者！

一时战胜不了的对手，就可以是朋友，是伙伴。这是商战中最有价值的偈语！

欧阳宇飞往瑞典，深夜密会高智斌，只因二人早就在一起合作"魔镜计划"了！赵虎以为自己搜集到了欧阳宇的秘密，其实欧阳宇最深的秘密在哪儿，赵虎连门都没摸到。

在瑞典的那个晚上，关于"魔镜计划"何去何从，欧阳宇和高智斌发生了巨大的争执。欧阳宇强势地要求高智斌交出"魔镜计划"的控制权，二人不欢而散。

之后，就发生了艾尔汽车被攻击事件。

此刻的欧阳宇就像是科幻电影里的反派狂人一样，他盯着这个精致的装置发神。

欧阳宇内心世界像火山即将喷发，高智斌死了，就成为了神话。

"他活着的时候我没有超越他，他死了，我该怎么办？"

"现在全世界都依然奉他为'神'！我要怎么回应全世界？"

欧阳宇终于反应过来，他多年在智慧城布下的种种后门，将起到一个意想不到的作用。他需要一个响亮的动静，让全世界知道，智慧城可以没有高智斌，但智慧城不可以没有我欧阳宇！

"既然我得不到'魔镜'，那我就毁了它。"

当他按下这个按钮，启动所有人工智能的后门程序，智慧城成千上万的公共智能设施，飞行器、轨道交通、公共秩序机器人……都将发生混乱，通通往高智斌的智能大厦上撞去！

智慧城和智能大厦都将面临末日般的灾难。

智慧城是棋盘，对弈的是相爱相杀的欧阳宇和高智斌。

"对手都没了，要棋盘有何用？"

23 通往冥界的路

中国有一位名不见经传的推理小说家，写过一句话：在每一个数据的世界里，你都是上帝。

他并不是在强调大数据的重要性，而是另有深意。

唐安的话让宋妍和徐晓背心一冷。

机房的灯光黯淡，整座摩天大楼死一般地静，这种恐怖的话题像是半夜里打开收音机收听的是鬼故事主播。

"你已经死了？"宋妍喃喃道。毕竟宋妍是唯物主义者，作为一名优秀的警察，怎么可能相信什么神神鬼鬼的话？

"你不信我？"

宋妍苦笑道："我脑洞再大，也最多就是幻想你当年出车祸之后，在艾尔医院治疗时被植入了人工智能。"

她言下之意，这已经是她可以接受的极限了。

唐安收起了悲戚，看着宋妍，道："我知道你们很难相信我说的话，我带你们看一样东西。"

唐安指着机房的最深处，二女这才注意到，在偌大的机房里，尚有一个极深极窄的通道，向北而去。通道仿佛望不到尽头，两旁的设备钢架呈两条平行线，一直延伸至视线的极限。视线的极限，是看不见的黑暗，仿佛是一个黑洞。

通道的顶上，有一排昏暗的灯光，灯光开始是熄灭的，可是顺着唐安的手指指向，整个通道的灯光就亮了起来。

阴森森的灯光，阴森森的通道，这灯光像是幽冥鬼火，这通道像是黄泉鬼域。

"天，我怎么从来没有注意到这里有一个这样的通道。"徐晓惊道。作为艾尔集团最高的行政管理人员，她对艾尔总部的布局是了然于心的，她实在想不起来什么时候这里多出了一道这样的通道。

"这条通道是干什么的？"宋妍感觉有点心虚，她问徐晓，徐晓毕竟才是这里的主人。

徐晓道："我也不知道……我有点害怕。"

"我们刚刚好像没有看到这条通道，"宋妍觉得头皮有些发麻，"我们在这里待了这么久，刚刚我从设备架上挑选电子工具，把整个机房都翻了一个遍！"

徐晓道："莫说你在这里待了这么久，连我在这栋楼里工作了十年，每天进进出出，我都从来不知道这里有个通道。"

宋妍道："有没有可能是你过去没有留意？"

徐晓大声道："不可能！"

宋妍道："它总不能是刚刚变出来的吧？"

"对，"唐安截口道，"它就是刚刚才变出来的。"

宋妍和徐晓差点惊呼出了声："怎么可能！"

唐安道："在高智斌的智能世界里，有什么是不可能的吗？"

唐安站起了身，向机房的最深处走去。

"唐安，你在干什么，时间已经不多啦！"徐晓已经急得团团转。当务之急是解除3小时倒计时的炸弹吧！哪里还有工夫瞎逛。

"跟我来。"唐安回头，"那个讨厌的'贝壳'不是已经不在了吗？"

徐晓这才意识到，那个无处不在的绑架者已经有一阵没有发出声音了。即便是刚刚它和警方谈判,三人也一直能听到。

"可是,这数字时钟的倒计时仍然在响啊!"徐晓道。

她指着空中悬浮的各种倒计时时钟,3个小时的倒计时,现在所剩已经不多。

唐安盯住她,他语气坚决,发出了不容置疑的指令:"别管它,跟我来。"

就在唐安说完,悬浮的数字时钟骤然停了下来。

徐晓和宋妍感觉耳中一阵嗡鸣,随即整个世界都空洞起来,像是时间骤然静止了一样。

这到底是怎么回事?唐安竟然可以让倒计时停下来。

那个"贝壳"哪里去了?

蓦地,徐晓发现一件更加恐怖的事,她大叫起来:"有鬼!"她的手用力握住宋妍的胳膊,抓得宋妍生疼。

宋妍道:"怎么了?别自己吓自己!"

徐晓指着机房的门外。干净、透明的玻璃门外空无一人,通风口的飘带不停摆动。

"那是风啊徐晓,哎,唐安,你看你把她吓到了,"宋妍下意识地叫了一下唐安,"我们现在去哪里,不管这'魔镜计划'的密码了吗?"

唐安背着身,仿佛没有听见。

徐晓用力抓住宋妍,指甲几乎要嵌入肉里。宋妍看她吓得不轻,心中不忍。她慢步走向门口,透过玻璃门张望,这哪里有人?

"门口没人!"宋妍安慰徐晓道。

徐晓在宋妍背后瑟瑟发抖:"不不,就是没人才恐怖!"

"这座大楼里本来就已经没人了!"宋妍有些不耐烦。

徐晓简直要哭出来了,道:"刚刚躺在那里的两名技术部工程师哪里去了?"

宋妍如闻雷轰,那两名技术部值班人员在爆炸中受震昏迷,是宋妍和唐安亲手搬到通风之处平躺的。

"人呢？"宋妍惊慌道，"还有两名人质不见了。"

不见了？连半点响动都没有！

人间蒸发了？自己跑了？

不可能！玻璃门离他们很近，宋妍不可能完全没有一丝察觉。

"贝壳"指挥机器人把他们拖走了？也不可能，徐晓一直在旁边的。如果有机器人接近，为什么没有半点响动？

唐安冷冷问："你们记得刚刚那两人的长相吗？"

宋妍和徐晓脑子一片空白，奇怪，明明看见了他们两人的长相，怎么脑中就根本没有印象？

她二人突然感觉像是脑中被人用橡皮擦抹去了记忆，对那两名昏迷的人质连半点印象都没有。饶是宋妍也不禁害怕起来。

徐晓全身都在发抖，道："这两人怎么不见了？"

唐安终于回过头，沉声道："因为他们两个在'这个世界'没用。"

宋妍大声道："唐安，你到底在说什么？！"

唐安向前走，边走边道："快跟上我，若不然，更离奇的事，还要继续发生。"

宋妍大喊："唐安，那边到底是什么？"

唐安一字字道："高智斌最深的秘密。"

高智斌最深的秘密？唐安怎么会知道？这唐安是怎么了？宋妍忽然感觉自己从来没有认识过他。这种恐怖的感觉，像是唐安被什么鬼怪突然附体。

他能操纵倒计时的数字时钟。

突然消失的两个大活人，可怕的是在一个多小时前，二女才见过他们的脸，现在却完全没有印象。

还有这条不知道通向哪里的阴暗通道，目测通道的长度，已经远远超出了这间房子能容纳的物理最长距离。

最最诡异的是，这通道的尽头到底藏有什么？

宋妍看着徐晓，用力握了握她的手，此刻她仿佛和她成了战友。女人之间的关系，总是这么微妙。上一刻或许还在恶语斗嘴，下一刻或许就已经成为生死之交。

"现在我们要搞清楚唐安和高智斌到底发生了什么事，对吗？"宋妍道。

徐晓用力忍住了恐惧和发抖，一提到高智斌，她仿佛有无穷的力量，去战胜各种可怕的事情。

徐晓点头道："是。"

宋妍道："现在我要跟上去。"

徐晓道："是。"

宋妍又道："你要不要跟我一起？"

徐晓问道："你不害怕吗？"

宋妍低声道："我承认害怕，现在发生的事，有些出乎我的想象力。可是……我更害怕唐安出事，这个傻孩子，从来都不会照顾自己。"

二人同校毕业，一同考到海港城来，在异乡相互为伴，宋妍在生活中、工作中，都像个大姐大一样关照唐安。宋妍常常数落唐安，每每开口都有恨铁不成钢的意思，唐安也只是憨憨笑。

"唐安，你是猪啊，马上内务整顿了，你怎么不收拾屋子？"

"唐安，太阳这么好，你他妈天天宅在家里打游戏，想长成蘑菇啊？"

"唐安，你要死啊，明天早上有会，你晚上还在打游戏。"

"喂，唐安，我电脑坏了，过来帮我修一下。对了，我在网上购物的卖家搭配赠送了男士洗面奶，发你宿舍地址了，邮费到付啊。"

"唐安，这阵子流感有点厉害，外面抢购预防药品，我已经感冒了，咳咳，预防药用不上了，我匀给你。"

"唐安，明天上午9点你有个技术交流会，下午3点，有外出活动，日程便条贴你办公桌上了，可长点心，大队长同路呢，别忘记了又挨骂。"

徐晓心中浮起一丝温暖，道："你关心他？"

宋妍道："是。"

徐晓道："你既然关心他，为什么不让他知道？"

宋妍道："关心一个人为什么一定要让他知道？"

徐晓道："难不成你要像我一样，等到高智斌出了事之后，才让他知道？"

宋妍一字字道："有些关心，本不用说，也能知道。"

徐晓终于笑了，受怕后没有血色的脸庞有了一丝红润，她笑道："你们俩到底是'恋人未满'，还是习以为常？"

宋妍问："有区别吗？"

徐晓道："有区别。"

宋妍道："这些区别现在已经不重要，现在重要的是，我比任何人都希望唐安平安。"

"这就够了，这世间最深沉的爱，本来就不是轰轰烈烈，而是你们习以为常的在彼此身边。"

这多么浅显、通俗的道理，从徐晓口中说出来，真是让人动容。爱是人的软肋，却也是人的铠甲。徐晓已经恢复了冷静，她站直了腰，道："高智斌最深的秘密到底是什么，我一定要找出来！"

宋妍沉吟半晌，道："唐安说他已经死了，这条通道，就算是通往地狱，我也要把他拉回来！"

24 叹息之墙的光

这条通道仿佛没有尽头,唐安已经快步走得没影。

宋妍和徐晓相互打气,快步跟了上去。

通道越走越窄,一开始二女还能并肩而行,逐渐就只能次第通过。宋妍心中道,这通道确实奇怪,刚才明明看见的是平行线,怎么现在通道在逐渐变窄?

她心中想起许多科幻作品里的异时空理论,在一些特别的空间里,"平行"即是"交集"。

通道的两旁是不停闪烁的各种设备电源指示灯,此时二女看来,却如黑暗中的眼睛一般。

一个人行走夜路的时候,若是两旁有无数红红绿绿的眼睛盯着,这种滋味可并不好受。

好在宋妍和徐晓脚程都快,很快就看见了唐安的背影。

宋妍正要喊他,唐安仿佛已经听到了她们二人到来。唐安一挥手,示意她们不要说话。

宋妍和徐晓终于走到他身后,二女再细看去,唐安面前是一道黑色的铁门,铁门之上印着艾尔集团的超大标志。铁门是纯钢浇铸,颜色黢黑,黑得深邃难见,是以光照不显。

唐安握住高智斌的腕表,借着腕表屏幕的淡蓝光亮,照向铁门。三人这才看清，这铁门做工考究，门上刻满了宇宙星辰，同时又布满电子主板般的各种走线。在这些走线的周围，围绕着无数飞行器和机器人。

在铁门的最上方，有一名男子的浮雕画像。他张开了双臂，他的左手是虚像，像是无数的像素正在汇集形成他的手，又像是他的手正在消解成为无数像素；他的右手，握着一柄巨大的欧式长剑，指向他腰间悬挂的布袋。那布袋中放有一个球体，像是孩童玩乐的道具。三人定睛一看，布袋口子半开，露出的球体赫然竟是地球。

男子的头顶光芒万丈，每个细节都充满了神秘感。

"这是？"徐晓惊讶道。

唐安道："你难道没有觉得这个男子很眼熟？"

徐晓愣愣出神，她自然知道眼熟。她爱慕这人多年，他简直就是她的"神"。

"对，这是你的'神'。"唐安道。

徐晓道："这是高、高智斌！"

铁门上浮雕的男子，其样貌正是高智斌。

唐安道："这是他自己设计的图腾。"

宋妍叹气道："在大数据的世界里，他真的把自己当作了'神'。"

唐安道："高智斌一直有一个幻想，认为自己是'造物主'。"

徐晓道："这可不是什么幻想，现今的人工智能已经逐渐取代了人类的许多功能，高总本来就改变了世界。"

唐安道："'改变世界'和'创造世界'是两码事。"

"这里面是什么？"宋妍问。

唐安道："我也很想知道。"

"唐安，你并不知道？"

"我并不知道。"

"那你是如何知道这里有一扇这么古怪的门？"宋妍问。

唐安一耸肩道："就像'造物主'悄悄把这个信息装进了我的脑子。"

宋妍道:"反正来都来了,总得进去看看。"

唐安拿起高智斌的腕表,一手摸索着铁门上的痕迹,只听一声轻响,腕表嵌入了一个凹槽,丝丝入扣。那浮雕男子头顶发出充满科技感的蓝色光芒,铁门的锁舌开始转动起来。

宋妍心中疑窦骤升:"唐安又是如何知道这只腕表是钥匙?"

铁门缓缓打开,巨大的白色光亮从门内照了出来。这种感觉就像是这扇黑色沉重的大门在中间一隔,把黑暗世界和光明世界截然切分,而此刻大门打开,那一头的光,已经按捺不住,要宣泄而出。

古希腊里有一个传说,在冥界里有一面"叹息之墙",英文名叫"Wailing Wall",又叫"绝望之墙"。墙的一边是无尽黑暗的冥界地狱,而墙的另一边是众神眷顾的"极乐净土"。"叹息之墙"是阻隔"极乐净上"与冥界的分界,只有神才可以进入。墙体不管受到多么强大的能量冲击都毫发无损,对于除了神之外的众生,带来的只有绝望,名副其实的"叹息的墙壁"。

此刻的光,就像是打破"叹息之墙"的光,从遥远的"极乐净土"而来。那白色的巨大光亮柔和而明亮,像是创世之初的希望,光芒如雾如幻,一扫三人内心的阴霾,让人对门后的世界充满了想象。

宋妍和徐晓屏住呼吸,唐安的神色依然冷峻。

门就要打开。

高智斌这个神秘男子,改变了世界,他内心的秘密到底是什么?

"这是——"徐晓喊出了声。

门彻底打开了。

出现在三人眼前的,是一个20平米不到的小小房间。

房间里全是超现实的科学设备。

"这简直是宇宙飞船。"宋妍惊呼,"我们不是在看科幻电影吧?"

唐安道:"不是。"

三人从纷繁复杂的科学设备、仪器中看过去,只见这20平米见方的房屋正中央,摆放着一口长方体的盒子,这盒子上连接着各种仪器。

那盒子是水晶制成,忽闪忽闪,仿佛是人在呼吸。

这长长的盒子就像是整个科幻房间的心脏,所有的血管都流向了它,所有的能量都向它进行灌溉。

唐安脸色惨白,他看了看时间。

宋妍问:"这是什么?"

唐安道:"这就是'魔镜计划'的秘密。"

三人走上前去,走到房间中央。

"啊?"徐晓一声惊呼,"盒子里有人。"

唐安道:"有人并不奇怪。"

他顿了一顿,道:"因为这盒子本来就是一具棺材。棺材里,自然是用来放人的。"

这原来是一具水晶棺。

宋妍和徐晓此时倒不再害怕,刚刚已经经历了许多稀奇古怪的事,再诡异也无妨了。

二女走上前去。只见那水晶棺晶莹剔透,质地上乘,表面泛着阵阵寒气,如雾散开。再细看那水晶棺中卧躺之人,约莫20岁左右,头发乌黑,是个清秀女子。

这女子五官精致,深睫紧闭,像是睡着了一样,她静静躺在此处,无比安静自然。

"这是谁?"徐晓问,"如果这间屋子是高总的秘密,为什么这里会有一口……棺材?"

唐安目光黯淡,道:"这是高智斌的恋人。"

徐晓奇道:"我从来没有听说过高总有恋人。"

"那只是因为,她早就死了。"

徐晓更奇怪了,道:"那为什么她在此处?"

唐安道:"你难道还想不明白吗?"

"高总用了一种科技的手段,将她冰封在这里?"

"对。"唐安道。

徐晓心中有些落寞,问:"她在这里多久了?"她也不知道为什么,感觉眼前的唐安,比她这个艾尔集团的最高行政管理人员,更熟悉艾尔集团,甚至是熟悉高智斌的秘史。

"二十年。"唐安答。

棺中的女子,依然停留在二十年前的面貌,青春永驻。

"这女子虽然已经脑死亡,可是在这些先进的仪器的帮助下,她的每一寸肌肤,每一个器官,都保持着一定的生命活力。"唐安指着水晶棺旁边的数据显示。

徐晓了解高智斌的执着,她有些站立不住,宋妍从后面握住徐晓的手。

徐晓苦笑道:"也只有高总能做出这种事。"

"真是个科学狂人啊。"宋妍长叹一声。

徐晓道:"怪不得高总从来不喜欢异性……"

唐安道:"记得高智斌喜欢开的玩笑吗?"

"你是说人造人18号?"徐晓道。

高智斌这样成功的男人,却一直单身。外界有许多传言,最夸张的传言,说他喜欢机器人。高智斌总是笑着,说那不错嘛,就像《龙珠》里的人造人18号。

唐安道:"对。"

徐晓神色黯淡,她终于明白自己为什么永远也走不进高智斌的心了。高智斌心中有一个已经停在时间里的人,在高智斌的心里,没人是她的对手。

唐安忽然道:"你们听过俄耳甫斯的传说吗?"

宋妍道:"我听过。那是关于一个星座的古希腊故事。"

古希腊传说中的天神俄耳甫斯能弹奏美妙的琴声,他有一位情投意合的恋人叫欧律狄克。有一天,欧律狄克在原野上被毒蛇出其不意咬了一口而丧命。为了救回恋人,俄耳甫斯不惜自己的生命,舍身进入冥界。俄耳甫斯一心要把恋人找回来。他的琴声打动了冥河上的艄公，驯服了守卫冥界大门的三头恶狗，连复仇女神们都被感动了。

最后他来到冥王面前，请求冥王把欧律狄克还给他。他用美妙的琴声打动了冥王，冥王提出一个条件：在他领着欧律狄克走出冥界之前决不能回头看她，否则他的欧律狄克将永远不能回到人间。俄耳甫斯领着心爱的欧律狄克踏上重返人间的道路。他们一前一后默默地走着，出了死关，穿过幽谷、渡过冥河，沿途一片阴森。终于看到了人间的微光，他们就要离开昏暗的冥界重返光明的人间。俄耳甫斯忘却了冥王的叮嘱，他回过身来想拥抱欧律狄克。欧律狄克又被重新拉回了死亡之国，俄耳甫斯在人间悔恨地度过了一生。他死后化身成为"天琴星座"。

俄耳甫斯的故事，三人都听过。伟大的爱情让人想要逆天而行，挑战生老病死的自然规律，可是最终却功败垂成。

徐晓红着眼圈："你是说，高智斌要当'俄耳甫斯'？"

高智斌要逆天而行，他没有美妙的琴声，可是他比俄耳甫斯更强大，他有可以改变世界的科技力量。

宋妍道："莫不是高智斌是想将她改造成机器人？"

唐安道："这样她就能复活！就像俄耳甫斯去冥界拯救他的恋人欧律狄克一样！"

徐晓和宋妍脑子里嗡的一声，这是什么天方夜谭，把死人复活？这是逆天而行！这是违反自然规律！这是挑战生命伦理！

宋妍不忍看徐晓，她能够感觉到徐晓内心的冲击，这是多么深的爱意。

宋妍心中道：眼前的女子根本就没有死，她一直都霸占着高智斌的内心世界。

唐安目光如灼，道："你们知道2025年2月1日发生了什么事情吗？"

"那一天你出了车祸，在艾尔医院进行治疗。"徐晓道。

唐安面露痛苦神色，道："这些事，在艾尔公司的年鉴里是不会有的，因为这是光亮之下的黑暗和影子。2025年2月1日那一天，高智斌开始实验,在人类大脑中植入人工智能,我就是第一个实验品!"

宋妍只觉天旋地转,之前她曾猜测过高智斌在唐安脑中做了手脚,可是当唐安亲口告诉她这一事实的时候,她还是被震惊了。

唐安道:"高智斌的实验目的,就是要让往日的恋人复活。"

徐晓问:"高总这些年一直在做这样的实验?"

唐安道:"是。"

徐晓哭道:"高智斌是科学家啊!他的科学伦理呢?"

三人一阵沉默。

唐安转头看着宋妍:"我现在根本就不算是人类。"

宋妍终于明白唐安所说的"我已经死了"是什么意思。

"你们看我,是不是像怪物?"

宋妍目光如灼,道:"不,你就是你,你是我认识的唐安。"

唐安问道:"你不会因此而疏远我?"

宋妍像往常一样,甩了唐安一个爆栗,大声道:"笨蛋,你是受害者啊。高智斌利用人体进行人工智能植入实验,这是违反科学伦理道德的!"

唐安摸了摸头,内心浮起一丝暖意。宋妍和他的"习以为常",现在已经变成了他的无限留恋,他真怕这种能陪在宋妍身边的时光,突然就不见了。

徐晓颤声道:"你说你是第一个实验品?"

"对。"

"那就是说还有第二个,第三个?"

唐安缓缓道:"这些年,有成千上万的人,都接受了他的实验。"

"成千上万?"徐晓哑声道,"我不信!我不信他会做出这样的事!"

唐安道:"你想知道,什么是'魔镜计划'吗?"

25 来找我

唐安这不是废话吗，徐晓能不知道什么是"魔镜计划"？高智斌对徐晓没有爱意，可是毕竟也对徐晓充满了信任，这是高智斌这些年为数不多对人类的信任。

不过此刻的徐晓却无法反驳唐安。

在她的认知里，她只知道高智斌的"魔镜计划"是在搜集全民数据。

搜集全民数据，是违法的。

高智斌告诉过徐晓，他是为了更好地研发改进人工智能。大数据和人工智能的关系，就像是奶粉和婴儿。只有用大量的数据进行哺育，才可能培养出拥有更强大数据运算能力的人工智能。

可是，现在的水晶棺摆在面前，徐晓的三观都已经被颠覆，高智斌才不是为了什么改进人工智能进行大数据搜集。

那么高智斌到底是要干什么？

唐安长吸一口气，说道："'魔镜计划'是在违法搜集全民数据，这一点你是知道的。"

徐晓点头："我知道。"

唐安又道："可是搜集数据，不过只是手段。"

目的已经说过了，高智斌是为了救活昔日的恋人。

"可是，这么多年过去了，他还没有着手？"宋妍问道。

163

唐安道:"现在人工智能根本没有实现像人一样独立思考。"

宋妍道:"你的意思是,高智斌的实验一直都在进行当中。"

唐安道:"对,高智斌一直都在实验。他想方设法搜集数据,希望能打造一款可以独立思考的人工智能,再把它植入到这水晶棺中人的大脑中。"

"要让机器人像人类一样独立思考?"徐晓默然道,"那不是出现了'新物种'?"

唐安道:"高智斌这些年一直在努力,但一直都没有成功。"

徐晓道:"这怎么可能成功!机器永远都是机器!"

唐安道:"对,可是你知道,高智斌比任何人都执着。"

"是,高总比任何人都执着……"

"但是,你们莫要以为这就是高智斌搞'魔镜计划'的全部。"唐安冷冷笑道。

唐安顿了一顿,接着道:"高智斌的终极目的,是开发出可以独立思考的'超级智能',植入女友的大脑,把她救活。可是,这个目标,终究缥缈,因为用搜集来的大数据去训练设计人工智能,实在太慢……"

唐安接着道:"高智斌想出了一个绝妙的法子。"

宋妍问:"是什么?"

唐安道:"那就是直接搜集人的思维!把人大脑的思维特征,转化为拟人数据。这样的法子,离他的目标,要比常规的法子近得多。"

徐晓问道:"人的思维,也可以搜集?"

宋妍道:"李大勋教授曾经教过,人的记忆也是一种数据。如果人的记忆可以看作一种数据的话,那么思维也是一样。"

唐安道:"你说得对极了。"

宋妍道:"可是,高智斌要如何才能搜集人的思维?"

唐安指着自己的脑袋,道:"他在受试者的脑中,植入人工智能,这样人脑的思维和人工智能的交互,就能获得人的思维数据。"

宋妍瞪大了眼睛："你刚刚说，有数量庞大的实验者？"

唐安道："对。"

"这些实验者都是些什么人？"

唐安叹了一口气，道："都是些失意人。"

宋妍和徐晓不语，等他继续说。

唐安一字字道："你们莫要忘记，高智斌一直认为自己是'造物主'。对，没错，他给这些失意人，重新构建了一个世界！"

唐安接着讲，宋妍和徐晓越听越惊，仿佛是进入了一个荒诞奇幻的世界。

唐安道："'魔镜计划'是为了搜集数据开发'超级智能'，可是数据毕竟是死的，于是转而直接搜集人的思维。当把成千上万人的思维特征搜集汇总之后，高智斌说不定就能完成'超级智能'的研发。

"为了搜集到更多人的思维，高智斌将目前水平的人工智能植入受试者的脑中，比如我。

"这些植入脑中的人工智能，在脑中给宿主创造了一个镜像世界！"

唐安继续说："只有在活生生的世界里，活生生思考的人，才会有思维，这样高智斌的人工智能才能搜集到人的思维。"

宋妍问："你是说，高智斌给受试者打造了一个虚拟世界，就像是……梦？"

唐安语气坚定："对，这个虚拟世界，就是受试者现实生活的镜像反映。高智斌以智能大厦中'宇宙级'体量的数据库为基础，用现实生活中的数据设计了一个镜像世界。这个世界有高楼大厦，有飞机汽车，有现实世界里有的一切东西！受试者通过脑中植入的人工智能，连接进入这个世界，同时受试者自己还能修改属于自己大脑范畴里的'镜像'！每个受试者闭上眼，就能在大脑中构建自己想要的生活，看见自己想要见着的人！"

唐安停了一下，看了看宋妍，道："就像是自己脑中放了一部电影，而主人公是你自己,你可以随时回放,那些现实中已经失去的人,都可以重新回到你的身边。"

"可是,虚拟的世界总是假的啊!"宋妍问。

唐安笑道:"不,你如何知道你现在所处的世界是真实的呢?"

你如何知道你现在所处的世界是真实的?这句话真是充满哲理,又充满惊悚的意味。

"你这是黑色幽默吗?"徐晓道。

"才不是。你所不知道的'魔镜计划'已经形成了巨大的镜像世界,有数量庞大的人都在接受这项服务。"唐安道。

"服务?"徐晓简直不敢相信自己的耳朵。

唐安道:"对,服务。艾尔集团在现实世界里的智能产业,就像是浮在水面的冰山,而冰山之下,却是别人看不见的山体,这项服务就是山体的根基。"

"难道还有人自愿去虚拟世界生活?"宋妍问。

唐安道:"因为,这人间有太多'舍不得'。高智斌的恋人死了,他想要救活她,可是科技的发展毕竟缓慢,他这些年的痛苦如何排解?他可以在这个镜像世界里,和他的恋人重逢!"

唐安接着道:"有太多人,需要用镜像世界里的画面来麻痹自己,这也就是为什么这么多人接受这个镜像世界。"

徐晓道:"这是个秘密?"

唐安道:"对,这是个秘密。这是个极大的犯罪,这比什么毒品容易上瘾多了,'魔镜计划'就是一种现实遗憾的安慰剂。"

"真的会有人,接受这种安慰剂?"徐晓问。

唐安道:"有的,很多,比如我。"

宋妍瞪着唐安:"你是自愿接受实验的?"

唐安目中满是温柔,道:"是。"

宋妍急问:"为什么?"

唐安沉吟半晌，仿佛用了很大力气，说道："我不想死，我不甘心，我……舍不得你！"

宋妍呆立当场，她眼泪滚滚而下，她说道："笨蛋，我不是在这里吗？"

唐安柔声道："我一直喜欢你，我想一直在你身边，我想和你一起毕业，和你一起工作，和你一起去往一个海边城市，看海边的落日，一起赤脚走在沙滩上。"

宋妍笑着流泪："我知道我知道，我们不是一起都实现了吗？"

"可是，那一天，我出了车祸，我几乎死去。"

宋妍握住唐安的手："你不是好好的吗？"宋妍发现唐安的手，很冷，冷得像冰。

唐安惨然道："当时的我已经无法救治，将活着沉睡在病床上。或许某一天，我的大脑思维累了，就自动关闭了，我也就悄然在病床上离开这个不舍的世间。如果我不接受高智斌的'魔镜计划'，我怎么能实现和你在一起的这一切！"

"你说什么？"宋妍感觉脑子有些乱。

徐晓感觉背心发麻，她试探着问："唐安，你是怎么知道这些的？"

唐安看着徐晓，眼神有些空洞，说道："因为高智斌临死前，启动了我。"

徐晓道："什么叫启动了你？"

唐安却不直接回答这个问题，他说道："把'魔镜计划'做成类似毒品的安慰剂生意，并不是高智斌的主意。"

"那是谁？"

"欧阳宇。"

徐晓道："欧阳宇和高总不是对手吗？"

唐安道："这样的两个人，除了成为对手，一定能惺惺相惜。"

徐晓苦笑道："跟欧阳宇这样的疯子有什么好惺惺相惜的？"

167

唐安道:"不,高智斌身上有一种气质,和欧阳宇很像,你难道没有发现吗?"

徐晓沉默不语。

唐安接着道:"高智斌的初衷只是搜集人的思维,为复活她的恋人作准备,可是欧阳宇却发现了这一巨大的商机!欧阳宇和高智斌开展了合作,二人用各自的大数据,把这个镜像世界建造得更加真实。"

"他们一定是疯了。难不成让全世界的人都睡过去,去镜像世界里为所欲为?"徐晓道。

唐安道:"高智斌自己也长期往返现实世界和镜像世界之中,他逐渐意识到镜像世界存在巨大的问题,那就是在这个世界里,每个人的思维方式都会变得很接近,都是把自己当做主角,当作主人公……这对于他搜集差异化的思维数据,用以改造'超级智能',并不是好事。"

唐安接着道:"于是,他想悬崖勒马,停掉'魔镜计划'。"

徐晓松了一口气:"高总依然是那样值得敬佩的人。"

"在瑞典的那个夜晚,欧阳宇飞赴斯德哥尔摩,和高智斌谈判的,就是'魔镜计划'何去何从的问题。不过,二人不欢而散。"唐安道。

"高智斌的艾尔汽车随后被人攻击,他在车辆冲出山体的时候,已经意识到一个恐怖的事实,那就是既然对方能够攻击他的汽车智能中枢。那么也一定可以攻击他的智能大厦中枢。他判断自己已经失去了对智能大厦里所有人工智能的控制,于是他拿起了这只可以操纵他名下一切人工智能的腕表,向最初的实验品发送了指令。"

徐晓问道:"最初的实验品?"

唐安道:"所有艾尔集团的人工智能都是编造在你们系统里的,但是有一个除外,那就是植入人类大脑里的'初代机'。"

"'初代机'?难道是你!"徐晓大声道。

唐安点头道:"高智斌通过腕表,修改了我的镜像世界,给了我一个指令,就是在镜像世界里,让我去找到镜像世界和真实世界相连接的中枢，然后……进行数据重置，关掉它，关掉整个镜像世界。他在临死的时候，想的是，要让一切归零！"

徐晓道："所谓镜像，就是现实生活的镜面呈现。当镜面和现实世界无限延伸，就会出现一个交汇线，也就是可以同时踏入镜面世界和现实世界的中枢。"

徐晓猛地反应过来："难不成，这个水晶棺就是中枢所在？"

唐安痛苦地点头道："正是，我是镜像世界的'初代机'，我是一个原点，水晶棺是整个'魔镜计划'的终点。当原点和终点重合，就形成一个闭环，只要我走近水晶棺，就会自动激活关闭程序。"

地面开始不停震动，房间之外的世界已经开始崩塌。

宋妍终于意识到问题所在，她指着地面，颤声问道："你的意思是，这是你的镜像世界。"

她内心剧震，仿佛从来没有遇到过这么恐惧的事。

唐安眼泪流了下来："你知道为什么一开始领导会让我来述案吗？你知道为什么会选中我来破解密码吗？这都是因为这是我的世界，我是自己剧本的主人公！"

宋妍失神道："没有'贝壳'，没有需要解开的密钥！没有黄以民，没有袁响，没有金在宇，从我们毕业到海港城工作，都是你的镜像世界……"

唐安悲恸道："我失败了，高智斌的指令根本就无法抗拒，三个小时之内，我必须在镜像世界里找到中枢，用这只腕表打开铁门，关掉镜像世界。

"一开始，我的大脑思维尝试抗拒他对我脑中人工智能的指令，所以我的镜像世界里，才虚拟出来一个'贝壳'，虚拟出绑架和爆炸，虚拟出打不开数据库的密钥，虚拟出这重重困难，都是为了拖延高智斌指令里的时间！这些虚拟的物体或事件在两种思维的交锋中出现了一些扭曲和失控，后来，脑中的人工智能还是占了上风，我重新意识到了'自己处在镜像世界里'，于是'贝壳'消失了，'密钥'不用破解了，这个秘密的通道出现在我们眼前。"

宋妍已经泣不成声，道："我不信这是个镜像世界！我不信！唐安，我们好好破解这个密钥，把高智斌的数据库打开交给袁响局长，把人质解救出去，好不好？刚刚我们不是还好好的吗？"

唐安痛苦极了。他大脑的思维已经不受控制，悬在半空的数字时钟，已经即将完成倒计时。唐安的手开始发抖，他的意志将完全被人工智能接管。

高智斌才是这个镜像世界的神，高智斌不在了，整个世界也要清零。失去管理者的镜像世界，一定会出现混乱，一定会失控。这本来就是操纵人脑的致幻剂！

宋妍哭喊道："唐安，我们不要消失，好不好？"

唐安大声道："我舍不得你！"

徐晓恨恨道："既然高总已经走了，这个镜像世界留着干什么？"

徐晓用力地砸那具水晶棺。她几乎疯狂地砸，仿佛内心所有的愤恨，都要在一瞬爆发出来。徐晓砸累了，坐了下来，凝视着水晶棺里的女人。

徐晓说："你真美。"

她说完这句，身体便开始逐渐消解成为像素，就像黑色铁门上高智斌形象浮雕上正在消解的手。

宋妍瘫坐在地上，她已经没有力气去关注徐晓。

唐安道："我舍不得你，大概我的意识里，想挽留最后和你在一起的三个小时，所以我构造了这个我们困在摩天大楼里的场景……

"可是，我需要关上这个镜像世界了。对抗高智斌的指令，是我的感性情绪，可是，他是在犯罪啊。"

唐安握住了宋妍的手，道："我们是警察，对不对？"

宋妍用力地点头，她忍住泪，没有什么比和挚爱的人一起热衷于事业，更鼓舞人心。

170

现实中的唐安在病床上昏睡了许多年。当年的车祸发生后,他知道自己即将沉睡,他唯一不甘心的,就是尚未对暗恋的女生表达自己的心声!

我从第一眼见到她,就对她心动。我不能死,我要活下去!我要和她一起毕业,一起工作,一起去一个海边城市,看海滩的日落,一起赤脚在海滩上走!

这是多么强大的心声!

同样心有不甘的高智斌仿佛领受到了这个年轻生命的遗憾,他向唐安发出了魔鬼般的交易:你如果愿意接受我的实验,你就握紧你的拳头。

垂死的唐安用力地握住了高智斌的手!

2025年2月1日PM4:00,现实世界里的唐安睡了过去,睡到了十年后的今天。

宋妍苦笑道:"好像在你的镜像世界里,你也没有向我表白过。"

"是啊,镜像是现实的反映,我是什么样子,镜像里也大抵差不多。"

宋妍微笑道:"我们必须唤醒这些在镜像里的人,现实世界里的阳光不是一样很好么?"

"我想和你一起,在现实生活里,晒一次太阳。"唐安柔声道。

"答应我,来找我。"宋妍用力笑了起来。

她忽然很后悔,她为什么这么晚,才让唐安知道。

在走进通道之前的那一番话,徐晓说得太对了。

有些事,现在不说,可能永远都没有机会再说,就像2025年车祸之前的唐安。有些事,即便不说,却胜过千遍万遍地去说,就像2035年镜像世界消失前的唐安。

"我答应你,我一定醒过来,我一定来找你!"

26 镜像

欧阳宇按下了那个毁灭般的按钮，他要启动自己植入的所有人工智能设备，去撞击高智斌的智能大厦。

他和高智斌在"魔镜计划"合作，是希望牟取暴利，购买这种致幻服务的人，多半都有一定经济实力。在瑞典斯德哥尔摩的那个夜晚，他惊讶地听见高智斌说，要停掉"魔镜计划"。高智斌你发了什么疯？什么什么，不该让这么多人逃避现实，你是良心发现了？

"魔镜计划"该何去何从的问题造成二人不欢而散。

欧阳宇一咬牙，准备另起炉灶，攻击他的智能汽车中枢，逼高智斌交出"魔镜计划"的密钥，把整个镜像世界夺过来。

欧阳宇自问没有实力植入高智斌的智能大厦，可是当他从瑞典飞回来之后，惊讶地发现居然有一个叫"贝壳"的家伙绑架了整个智能大厦。

他当然不知道"贝壳"是唐安在这个世界创造出来的事物。能接管高智斌的智能大厦，这只能是"开挂"一样的存在。

还有人在打智能大厦的主意？"贝壳"为什么要控制智能大厦？为什么要警方交出高智斌的腕表？

这必然是另有高人在打高智斌那个大数据库的主意！

我得不到的，别人也别想得到。

欧阳宇用力地按下了那个致命的按键。

这可真是伟大的杰作啊！

身周一片寂静。他快步跑到窗前，巨大的落地窗户外，智慧城一切有序运行。

怎么回事？欧阳宇心里有些慌。

他迅速反应过来，这可不是什么系统故障，赵虎被抓了，警方已经对他起疑。

不，甚至在黄以民找出暗网匿名账户的时候，袁响局长就已经对欧阳宇起疑，他先行让孔秀哲盯住了蓝地集团。

案件反转起伏，赵虎不是攻击高智斌汽车的凶手，他只是收买数据而已。

"黑匣子"打开，欧阳宇顿时显形。

黄以民立刻研判了形势，欧阳宇到底在多少公共人工智能设备里植入后门，这个问题恐怕一时半会儿没有办法搞清楚。时间紧迫，已经不允许他们挨个去排雷般把这些即将失控的人工智能找出来。

那怎么办？既然成千上万的设备找不着，可是源头找得到啊！欧阳宇的蓝地集团智能中枢必然就是源头。

高智斌用一只腕表操纵所有名下的人工智能，那么欧阳宇用的是什么？

赵虎很快交代，是他办公室里的微型电脑。

黄以民请示袁响局长之后，调动了 AI 特侦局的所有力量，集中火力，在最短时间攻击了欧阳宇的智能中枢，接管了他的远程操控。

于是，当欧阳宇按下那个致命按键的时候，他的指令根本没有办法发出。

"大数据世界里的万事万物，都可以被攻击，都可以被接管。"这句话是欧阳宇自己说的，他万万没想到警方这么快就给他打了脸。

欧阳宇意识到了问题所在，他快步奔向天台，那里有他的飞机，他可以快速逃离！

他办公室的大门猛地被打开。

孔秀哲等人已经站在了门口。办公室已经空无一人。

孔秀哲微笑着，重复着欧阳宇的那句名言："万事万物都可以被攻击。"

"要抓我，没那么容易！"欧阳宇买下了波特公司，波特公司可以随时给他安排一个"豁免国"。

欧阳宇跳上了飞机，他正要按下引擎启动按钮。蓦地，他听见背后一个熟悉的男声。

"一个自负的人，多半都是聪明的人，可是如果想要挑战警方，那就不是自负，而是狂妄。"

这句话也是他说的，他经常用来教育赵虎。

他转过头，看见黄以民似笑非笑地坐在飞机的背后，手里提着明晃晃的手铐。

手铐铐上欧阳宇的双手，镜像世界里的凶手至此伏法。

他惊讶地发现，自己的双手开始消解成为像素。

蓝地集团的"帆船大楼"开始剧烈震动，黄以民神色惊愕，随即也明白发生了什么。他掏出一支烟，用力猛吸一口。

他取出一枚警徽，握在手中，神情转而镇定。他极目远眺，智慧城已经开始崩塌。他内心坦然，这个城市他守护了一生。

他将和这个城市一起，消解成为云烟。

镜像世界里的欧阳宇伏法了，那现实世界的凶手呢？

镜像世界是现实世界的反映。

27 现实

"下面播报一则简讯，日前在海东角失事的车辆，被警方证实是艾尔集团总裁高智斌的汽车。经过DNA数据比对，证实车上死亡的人员为高智斌本人。警方已经对该起事件进行调查。2035年7月10日海港城警讯随时为您关注最新动态。"

海港城警方发言人陶解正在接受媒体采访，高智斌的离世引起了媒体的巨大关注，艾尔集团的股价波动也引发投资人的疑问和恐惧：

高智斌的死到底是意外还是人为？会不会是人工智能反噬其主？海港城大力发展人工智能产业是不是过于超前？

他死了，他名下正在运行的大型人工智能设备怎么办？这些设备到底安不安全？

艾尔集团是他一股独大，谁来接盘？最关键的是，他的死是不是商业对手做的？如果是恶性竞争，那么后续是不是还有人会狙击艾尔集团的股票？

海港城警方通过初步侦查，摸清情况后，决定召开记者会，稳定汹涌的民意。按照海港城警务主官袁刚局长的指示，发言人陶解向公众表达了警方破案的决心。

陶解道："初步证据表明，高智斌的智能汽车是受到他人攻击而失控发生事故。目前可以确定高智斌的事故并非意外。"

台下的投资人代表和记者代表一阵哗然。

"随着人工智能的飞速发展,犯罪分子利用人工智能或者其他新型智能技术实施犯罪的趋势有所冒头。海港城警方拥有世界顶尖的专业队伍——AI特侦局,我们是这类犯罪天然的克星,我们承诺将尽快破案!"

和陶解一同出席记者会的,还有海港城公安局大数据侦查支队队长、AI特侦局局长黄立民。他语气、神色坚定,想要让恐慌的公众缓和情绪。

有投资人站了起来提问:"敢问黄局长,您说的'很快',有多快?"

这个问题就有点过分了。

所有媒体齐刷刷地抬起头来,停下了正在奋笔疾书的记录。这个问题虽然问得过分,却也是大家想知道的答案。

陶解愣了一愣,这个问题,老黄你可要慎重啊。如果答不好,接下来就是新闻发布的事故现场了。

只见黄立民看了看腕表,他扫了一眼全场在座的参会者,竖起了三根手指。

记者嘈杂起来:"什么意思?"

"三天?"

"三十天?"

"你不会说三个小时吧?"

黄立民用力地摇了摇头,斩钉截铁道:"三个问题的时间。"

台下又是一团交头接耳,对黄立民的话颇为不解。

有记者举手。提问要举手,这是发布会基本的礼貌,专业素养的记者,可比各式各样的投资人要守规矩得多。主持人示意他提问。

这名记者站起来,问:"黄局长,您的意思是给我们'三个问题'的时间,您就能破案?"

黄立民微笑道:"对。"

这名记者狡黠一笑:"刚刚已经是'一个问题'了。"

场面一阵寂静,有人面露微笑,有人翘首以盼,都想看看这位执掌海港城警方里面最智能部队的黄立民如何化解这个尴尬的问题。

黄立民冷静地笑了笑,他目光如灼,道:"请提第二个问题。"

天,黄立民在干什么?有好心的记者不禁担忧起来,这可是警方案件通气会,这样信口开河,他的前途会彻底毁掉。

当然,这种时候自然也不乏那种看热闹不嫌事儿大的人,坐在最角落的一名记者立刻高高举起了手。

主持人面露难色,这可是第二个问题了。

主持人看向陶解,寻求指示。黄立民拍了拍陶解的手背。

陶解示意主持人继续:"角落里的那位媒体朋友,请提问。"

"我想问一下,黄局长对自己这么有信心?"

黄立民看了看桌上,他的手机黑着屏,像在等待什么消息。

问题越短,答案就越不可能太长。这么废话的一句问题,摆明了就是来给时限加速。陶解只觉得自己手心都是汗。

黄立民一字字道:"我们AI特侦局的兄弟们此时此刻正在紧锣密鼓地破案,我不是对我有信心,我是对我兄弟们有信心!"

黄立民话音刚落,他的手机响了起来。

现场的记者都已经明白了,黄立民已经作出了相应的部署。AI特侦局这些年的效率是有目共睹,几乎是所向披靡。黄立民就像是一面旗帜,简直振奋人心。

黄立民微笑着致歉道:"不好意思,我忘记关静音了。"这种场合是不让接电话的,这是纪律。

黄立民把电话放在一边。

"黄局长,请您接电话。"有记者已经迫不及待想知道进展。

"接啊,什么规定不规定的,现在案件要紧。"投资人代表更着急了。

"请您快接电话!"

群意汹涌,要求发言人当众接电话,这还是破天荒头一次。刚刚等着看黄立民笑话的人,现在也笑不出来了。

黄立民微笑着掐断电话。

台下众人发出失望的叹气声。

"叮——"一条短信钻进了黄立民的手机。台下的人又立刻振作起来。

黄立民看了看手机,依然神色不变。

有机智的记者高高举手提问:"我来问第三个问题,是不是已经破案了?"

这个问题似拙实巧。这第三个问题问完,黄立民给大家的时限已经到了,不管怎么样,这个问题提出来了,你总得要有个回答!

他微笑着,点了点面前的麦克风。台下一片寂静,所有关心这个大事件的人,都把心提到了嗓子眼。

只听黄立民沉声道:"是。"

28 离别

高智斌觉得手有些疼。

他抬起头,窗外的阳光照了进来,像金灿灿的叶子洒在他的头发上。

他的头发有些褐色,不是中国人那种传统的乌黑。他自嘲和他多年过度用脑有些关系。

他揉了揉惺忪的睡眼,又是一个阳光明媚的午后。

高智斌此刻正在自己的书房里,他的书房是北欧简约的方格,天蓝色的墙,白橡木的书桌,一个大大的鹿头形状的工艺品挂在书柜正对面的墙上。

书房的门轻轻推开了。一名清丽的女子走了进来。女子名叫苏婕,是高智斌青梅竹马的恋人。

"阿斌,你明天路演的资料都准备好了吗?"苏婕轻声问。苏婕眼睛很亮,很有灵气,她一身白色裙子,显得素净大方。

高智斌和苏婕的容貌相比,显得有些苍老,而苏婕的容貌似乎停留在了二十年前。

高智斌点点头。

苏婕又问:"你瑞典的机票准备好了吗?"

高智斌道:"准备好了。"

高智斌内心有一丝不舍,他一把将苏婕抱住:"等我从瑞典回来。"

"我不要和你分开。"苏婕眼里浮现出一丝不易察觉的忧郁,她接着道,"当年的疫情很严重,我没想到,那一天和你分隔,就是永诀。你做不了俄耳甫斯,你只能来'这里'看看我。"

"不,过不了多久,我就能一直陪着你。"

"来这个世界?"

"不,去那个世界。"

苏婕卒于 2020 年 2 月,一场疫情。

29 尾声·去见你想见的人

难道从高智斌去瑞典开始,都是他的镜像世界?在他的镜像世界里,唐安构造了唐安的镜像世界,并且关掉了高智斌的镜像世界?

黄以民、孔秀哲、袁响、陶释是镜像世界里的人。

那你怎么知道,陶解、袁刚就不是呢?

就像是做着梦的人,很难知道自己是在做梦一样。

到底什么是真实?什么是梦幻?

躺在病床上的唐安手指动了一下。

唐安到底醒没醒?

唐安醒过来之后,大概会去找宋妍吧。

有些人,你现在不见,说不定就只能在镜像里去见了。

人生总有许多遗憾,这是真实。人生总有许多离别,这是真实。人生也总有许多失意,这也是真实。

我们总是希望自己能努力改变现实生活,却总是碰得头破血流。人生有七苦,生、老、病、死、怨憎会、爱别离、求不得。

高智斌的不甘、唐安的不甘,在遗憾面前,是如此相似。

李大勋教授的弟子里,高智斌是最有悟性的一个。他有"创造世界"的莫大法力,可是他却也被自己的执念困住。

在自己的镜像世界里,唐安和宋妍一起毕业,一起工作,一起去了海边城市，一起看海滩落日，一起赤脚在海滩走。

可是现实中，唐安只是躺着，时间快速地翻动桌前的日历。宋妍已经毕业，已经工作，已经去了他乡，说不定，已经有了自己的生活。或许会在某个阳光明媚的午后，她在三五同学的聚会中，想起唐安，有这么个人。

能创设世界的剧本，真好。不过，再好的剧本，也有剧终的时候。而现实，终究要继续。

写完这本书的时候，我依然被2020年年初的新冠肺炎疫情所困，封闭在家不得外出。

面对疫情，说没有半点害怕，那是假的。毕竟这一场疫情如此凶猛。大家都很怕，怕什么？怕死，怕再也见不到自己想见的人。

二月阳光终于打破了冬天的寒冷，久违的阳光照到飘窗，我在棋桌的蒲团上发着呆。封闭久了，才能体会阳光是多么可贵。

就像唐安最后的愿望，他想和宋妍在现实世界里晒一次太阳。如果再给唐安一次机会，他会选择在镜像世界里创设剧本吗？

这个预设，就像是信徒的疑惑，要如何脱离遗憾之苦？解脱众生之苦的法门，六祖惠能早就说过：

"佛法在世间，不离世间觉。离世觅菩提，恰如求兔角。"

兔子头上有角吗？没有。人世之外有佛法吗？也没有。那你还不回到人间？

赶快回到这个真真实实的人间，趁着春暖花开，趁着阳光明媚，去见你想见的人，去做想做的事！

愿疫情早日过去，没有遗憾。

（全书完）